Tucholsky Wagner Zola Scott Sydow Freud Schlegel
Turgenev Wallace Fonatne
Twain Walther von der Vogelweide Fouqué Friedrich II. von Preußen
Weber Freiligrath Frey
Fechner Fichte Weiße Rose von Fallersleben Kant Ernst Frommel
Richthofen
Engels Fielding Hölderlin
Fehrs Faber Flaubert Eichendorff Tacitus Dumas
Eliasberg Ebner Eschenbach
Feuerbach Maximilian I. von Habsburg Fock Eliot Zweig
Ewald Vergil
Goethe Elisabeth von Österreich London
Mendelssohn Balzac Shakespeare Dostojewski Ganghofer
Trackl Lichtenberg Rathenau Doyle Gjellerup
Mommsen Stevenson Tolstoi Hambruch
Thoma Lenz Hanrieder Droste-Hülshoff
Dach Verne von Arnim Hägele Hauff Humboldt
Reuter Rousseau Hagen Hauptmann Gautier
Karrillon Garschin Defoe Baudelaire
Damaschke Descartes Hebbel
Hegel Kussmaul Herder
Wolfram von Eschenbach Dickens Schopenhauer Rilke George
Bronner Darwin Melville Grimm Jerome Bebel Proust
Campe Horváth Aristoteles Voltaire Federer
Bismarck Vigny Barlach Heine Herodot
Gengenbach
Storm Casanova Tersteegen Grillparzer Georgy
Chamberlain Lessing Langbein Gilm Gryphius
Brentano Claudius Schiller Lafontaine
Strachwitz Bellamy Schilling Kralik Iffland Sokrates
Katharina II. von Rußland Gerstäcker Raabe Gibbon Tschechow
Löns Hesse Hoffmann Gogol Wilde Vulpius
Luther Heym Hofmannsthal Klee Hölty Morgenstern Gleim Goedicke
Roth Heyse Klopstock Kleist
Luxemburg Puschkin Homer Mörike Musil
Machiavelli La Roche Horaz
Navarra Aurel Musset Kierkegaard Kraft Kraus
Nestroy Marie de France Lamprecht Kind Kirchhoff Hugo Moltke
Laotse Ipsen Liebknecht
Nietzsche Nansen Marx Ringelnatz
von Ossietzky Lassalle Gorki Klett Leibniz
May vom Stein Lawrence Irving
Petalozzi Platon Knigge
Sachs Pückler Michelangelo Kock Kafka
Poe Liebermann
de Sade Praetorius Mistral Zetkin Korolenko

Der Verlag tradition aus Hamburg veröffentlicht in der Reihe **TREDITION CLASSICS** Werke aus mehr als zwei Jahrtausenden. Diese waren zu einem Großteil vergriffen oder nur noch antiquarisch erhältlich.

Symbolfigur für **TREDITION CLASSICS** ist Johannes Gutenberg (1400 — 1468), der Erfinder des Buchdrucks mit Metalllettern und der Druckerpresse.

Mit der Buchreihe **TREDITION CLASSICS** verfolgt tradition das Ziel, tausende Klassiker der Weltliteratur verschiedener Sprachen wieder als gedruckte Bücher aufzulegen – und das weltweit!

Die Buchreihe dient zur Bewahrung der Literatur und Förderung der Kultur. Sie trägt so dazu bei, dass viele tausend Werke nicht in Vergessenheit geraten.

Die schöne Kastellanin

Hans Grasberger

Impressum

Autor: Hans Grasberger
Umschlagkonzept: toepferschumann, Berlin

Verlag: tradition GmbH, Hamburg
ISBN: 978-3-8424-0530-1
Printed in Germany

Einleitung von Peter Rosegger

An einem nebligen Spätherbstmorgen des Jahres 1849 rollte aus dem steirischen Alpenorte Obdach ein leichtes Steirerwäglein die Straße entlang – in die weite Welt. Darauf saßen zwei Knaben in grauen Zeuggewändlein, wie es Bauernstudenten haben, wenn sie in die »Studie« gehen.

Der eine blickte mit seinen braunen Augen, auf denen noch die Schatten des Abschiedes von daheim lagen, gegen den Himmel und sagte nach einer Weile betrübt: »Rudolf, es wird regnen!«

»Hans, es wird nicht regnen!« gab der andere zurück, »morgen ist Vollmond, da regnet es nicht.«

Und richtig war's. Als sie durch die Engschlucht unter der Ruine Eppenstein ins breite Murtal hinauskamen, löste sich der Nebel; als sie durch das alte Städtchen Judenburg fuhren, zeigte der Himmel die ersten blauen Scharten; als sie an der Felsenburg des streit- und sangeslustigen Ulrich von Lichtenstein vorüberrollten, blaute das ganze Firmament in herbstlicher Reine. So ging's zwischen den schönen Bergen dahin, und als es abendlich wurde, sind die jungen Reisenden eingezogen in das ehrwürdige Benediktinerstift zu St. Lambrecht. Daselbst waren sie aufgenommen, um als Schüler den Wissenschaften der Welt obzuliegen und als hellstimmige Chorknaben das Lob Gottes zu singen.

Der eine dieser Knaben hieß *Rudolf Falb* und ist später der berühmte Erdbeben- und Wettermann geworden, der andere *Hans Grasberger*, welcher sich im Laufe des Lebens den schönen Künsten hingab und dem wir nun als einem der besten Dichter Deutschösterreichs dieses dankbare Gedenken bringen.

Jener kleine Hans konnte leicht Johannes, Abt von Sankt Lambrecht, geworden sein, wenn er dem Stifte hätte verbleiben mögen. Aber das geheimnisvolle Geschick führte ihn auf anderen Straßen zu demselben Ziele des Schönen und Guten. Den zweiten Teil der Gymnasialstudien vollendete Hans in Klagenfurt, dann ging er auf die Universität nach Wien, wo er Rechtsstudien trieb und sich bald auf eigene Füße stellte. Durch die Vermittlung eines Freundes wurde es dem jungen Manne möglich, eine Reise nach dem Orient mitzumachen, bei welcher er die Kasse der Gesellschaft zu verwalten hatte. Damals führte noch keine Eisenbahn von Jaffa nach Jerusalem hinein. Gerne erinnerte sich der ältere Grasberger daran, wie damals der dreiundzwanzigjährige Hans arglos auf dem Maultiere sinnend und träumend unterwegs in den Steingebirgen von Judäa die Reisekasse verlor. Da mußte er wohl den Poeten verabschieden und klugen Blickes auf dem Rückritt im weglosen Sande die Richtung erforschen, bis die Tasche glücklich wiedergefunden war. Über die Erlebnisse, Gedanken und Stimmungen jener Reise hat der junge Poet getreulich Buch geführt und seine » Sonette aus dem Orient« sind ein glänzendes Denkmal der großen Morgenlandsfahrt, in welcher der fröhliche, sinnige, fromme Dichter kühnlich untertaucht in die Welt und jauchzend emporfliegt zu Gott. Ich habe nie etwas Schöneres über Reisen ins Heilige Land gelesen als dieses Sonettenbuch, wovon vor Jahren eine erweiterte und mit wertvollen Noten versehene Ausgabe in Leipzig erschienen ist.

Als dieser monatelange Morgenlandssonntag vorüber und der Dichter wieder heimgekehrt war in die Wienerstadt, ging freilich der prosaische Werktag an. Hans mußte sich einspannen lassen ins Zeitungsjoch, das für die Entfaltung dichterischer Talente sich oft so hinderlich erweist. Doch wußte er diesem Amte bald die für ihn ansprechendste Seite abzugewinnen; er wurde Feuilletonist und Kunstreferent. Als solcher ward Glasberger wiederholt nach Italien entsendet, in dessen sonnigem Leben und Weben seine dem Klassischen zugeneigte Seele schön und ebenmäßig ausreifte. Da brachte er stets seine Sachen mit heim, so Nachdichtungen von Michelangelo (Le Rime de Michel Angelo Buonarotti), eigene Poesien, die in den Sammlungen » Singen und Sagen«, »Aus dem Karneval der Liebe«, »Licht und Liebe«, »Ein Triptychon« enthalten sind. Die Gedichte aus verschiedenen Lebensepochen sind natürlich nicht von gleichem Werte, mehr gedanklich als anschaulich, mehr tiefgründig als volkstümlich, aber stets von hoher Weltanschauung durchleuchtet.

Doch hat der Dichter in der südlichen Sonne nicht der schattenernsteren Heimat vergessen. Daß er in seinem Empfinden ein kerniger Älpler geblieben, das bewies er bewundernswert durch seine Gedichte in steirischer Mundart. Die Sammlungen »Zan Mitnehm«, »Nix für ungut«, »Plodersam«, »Geistlingschichten« sind an wahrer Volkstümlichkeit in Gehalt und Form nicht übertroffen, vielleicht nicht erreicht. Grasbergers »Vierzeilige« sind nicht mehr Nachahmung des Schnaderhüpfels, sie sind das Schnaderhüpfel selbst; sie sind voll natürlicher Lebenslust und volkstümlicher Weisheit.

Wie schlicht weiß der Dichter die Innigkeit »heimlicher Lieb'« zum Ausdruck zu bringen:

> »I han a schön's Dirndl,
> I nenn's aber nöt,
> I siach's wohl bein Leut'n stehn,
> Kenn's aber nöt.«

Dann will ich fragen, was man zu, den trutzigen Herzklängen unglücklicher Liebe sagt:

> Mit Nagerl und Rosmarin
> Stöck i ma 's Miada voll,
> Daß Koani nöt mirk'n soll,
> Wia-r-i valass'n bin.

> Hiaz tua-r-i erst recht und röd
> Wia-r-in da liabstn Zeit –
> A hamlini Schadenfreud'
> Gun i enk nöt!

In schwerem Weh nicht ein bißchen sentimental! So ist der Naturmensch draußen in den Waldbergen. Hierher gehört auch das folgende:

> Wann er hoamkem wöllet,
> Han i eahm frag'n lass'n –
> Er hätt' draußt'n z'schaff'n,
> Hat er sag'n lass'n.

> Ob i eahm nachkem därfet,
> Han i eahm schreib'n lass'n,
> Er hat hintagschrieb'n,
> Das sollt i bleib'n lass'n.

Er söllt net gar so sein,
Han i eahm bitt'n lass'n,
Und er: was broch'n war,
Das söllt i kitt'n lass'n.

Und wia-r aft 's Kind is kömen,
Han i eahm 's sech'n lass'n.
Aft is er fort von Ort
Und hat uns grech'n lass'n.[1]

Tatsächlich ist Grasberger als Mundartdichter weiter bekannt denn als hochdeutscher Sänger und Erzähler. In letzterer Richtung hat er sich langsam entwickelt. Er gehörte zu jenen allmählich wachsenden Naturen, die erst in späteren Jahren jung werden. Bei unserem Hans kam zuerst der Philosoph, dann der Dichter, und endlich auch – der Bräutigam. Mit sechzig Jahren erfreute er sich eines jungen, glücklichen Familienlebens, – Als Geschichtenerzähler hatte er etwas lange auf sich warten lassen, aber seine Popularität ist eine aufsteigende. Die ersten Erzählungen unseres Dichters waren in einem schwerfälligen Schritt dahergekommen, die Sprache war zu gesättigt an Gedanken, zu behäbig, gerne an Nebenbildern verweilend. Man kam beim Lesen nicht weiter, jeder Satz verlangte ein Nachgrübeln für sich und darauf ist die Leserwelt schon einmal gar nicht eingerichtet.

Doch war die Philosophenfeder bald künstlerisch geworden und mit mancher Erzählung kann – was die förmliche Vollendung angeht – unser Poet getrost mit den modernen Meistern des Stiles in die Schranken treten. Die Dorfgeschichte, die bürgerliche Erzählung, die Künstlernovelle weiß er mit gleichem Geschick zu meistern. Sollte in Grasbergers Geschichtenbüchern » *Aus der ewigen Stadt*«, » *Auf heimatlichem Boden*«, » *Neues Novellenbuch*« nicht auch der strenge Rezensent manchmal ein wohlgefälliges »Ah!« von sich geben und sagen: ein hochgebildeter Geist! aber nicht das allein! – Die reizendste aller Grasberger-Geschichten betitelt sich » *Maler und Modell*«. Es ist eine Barockgeschichte aus Steiermark, so zierlich, so

---

[1] Uns einfach selbst überlassen.

leuchtend und so herzig, wie die Literatur seines Heimatlandes eine ähnliche nicht aufzuweisen hat.

Darf man bei dieser Gelegenheit auch einige Worte über des Dichters Persönlichkeit sagen? Der kleine untersetzte Mann mit dem schönen Haupte, mit dem Auge, aus dem der Geist und die Güte leuchtete, aber auch Kampflust, wenn es galt, mit beredtem Munde Rechtes zu verteidigen. Den Mann als Festredner zu hören! Das war mehr als rhetorischer Erguß, es war das volle, warme Ausleuchten einer Persönlichkeit. Eines Tages hörte ich ihn sprechen gegen die Korruption in der Kunst. Ich habe einmal bei nächtlicher Stunde den Ausbruch des Vesuv gesehen – diese Rede des sonst so sanften Hans hat mich daran erinnert. Oft, wenn es sich um gemeinnütziges Wohltun handelte, riß die Glut des Feuergeistes alle mit sich und der Idealist ward zum praktischen Rater und Tater. Wo es sich jedoch um eigenen Vorteil, um Anerkennung handelte, da war unser Poet unentschlossen, säumig, zurückstehend und gelassen verzichtend.

Es war keine geringe Arbeit gewesen, ihn zu bewegen, daß er für meinen »Heimgarten« seinen Lebensabriß schreibe. »Mit einem so armen Leben prahle man nicht,« sagte er. Mir lag aber daran, gerade von ihm selbst eine Lebensskizze zu erhalten, damit spätere Biographen einen sicheren Leitfaden vorfänden. Und gerade diese gedrängte schlichte Lebensbeschreibung wird allen, die nun zur neuen Ausgabe seiner hervorragendsten Werke greifen, hochwillkommen sein. Sie sei hier wörtlich mitgeteilt:

Mein Lebensgang.
Von Hans Grasberger

Ich erscheine als am 2. Mai 1886 geboren und getauft; nach mütterlichem Gedenken habe ich aber am 1. Mai an einem Sonntage das Licht der Welt erblickt. Daß ich Gras- und nicht Graßberger schreibe, beruht auf einer Weisung meines Vaters, der mir auch mitteilte, daß diese Grasberger einst ein Wappen geführt und die Werke im Thörlgraben (Obersteiermark) besessen. Ich habe diesen abweichenden Angaben nie näher nachgeforscht. Daß ich mich bald nach den Studentenjahren Hans schrieb, langes Haar trug und nach einem weichen, breitkrempigen Hut griff, hat mir für längere Zeit die polizeiliche Aufmerksamkeit zugezogen. Mein Vater Josef war Weißgerber, ein Gewerbe, das damals, als man sich noch vorwiegend »irchen« (in Fellkleidern) gewandete, eine größere Bedeutung hatte als heutzutage; er hatte in Graz, in verschiedenen Klöstern, im Salzburgischen gearbeitet, ehe er sich in Obdach niederließ. Nen Apotheker Grasberger in der salzburgischen Vorstadt Mülln bezeichnete er mir ausdrücklich als nahen Verwandten, den ich auf meiner ersten größeren Ferienwanderung 1854 ja aufsuchen sollte. Ich stellte mich diesem Herrn Onkel in seiner Offizin auch vor, mit einem stolzen Zeugnis mich ausweisend; als derselbe aber, wie um mich auf die kürzeste Weise abzufertigen, in die Geldlade griff, zog ich mein Papier wieder an mich und sagte, kehrt machend: »So war's nicht gemeint!« Seither hab' ich mich um meine reicheren Verwandten nicht mehr gekümmert, wie auch sie nicht um mich. Um 1816 sollen meine Eltern geheiratet haben und nach Obdach gezogen sein. Sie hatten daselbst ein bürgerliches Anwesen, und ist mir als dasselbe das heutige Nagelschmiedhaus am Bach bezeichnet worden. Feuer- und Wasserschäden sollen sie aber um ihre Habe gebracht haben, so daß sie früh verarmten, ihre Selbständigkeit verloren und »Einwohnerleute« wurden. Fortan brachte sich der Vater als Anstreicher, Aushilfsarbeiter, Taglöhner fort; daß er aber gelegentlich auch Heiligenbilder auf Glas malte, derlei Glasbilder ausbesserte, daß von ihm noch heute ein Herz Jesu-Aquarell vorhanden ist und daß er als Erzähler oder »Lügner« da und dort die langen Winterabende verkürzte, wie er auch Schützenscheiben und Transparente fertigte, das darf vielleicht nicht unerwähnt bleiben.

Er mag an die 60 Jahre alt geworden sein; ich erfuhr seinen Tod am Ausgange meiner Studienzeit in Wien. Meine Mutter Anna war eine geborene Retnerin; sie hatte beim Patrimonialgericht Nuthal auf dem Murboden ein kleines Erbe zu erheben und blieb trotz vieler Wanderungen dahin der Meinung, daß sie nie völlig zu dem gelangt sei, was ihr gebührte. Sie starb mit 92, ihrer eigenen Aussage nach mit 94 Jahren. Noch als Achtzigjährige ließ sie die Nadel nicht rasten, Bettdecken abstoppend nach Zieraten, die sie sich selbst mit der Kreide auf den Stoff vorgezeichnet hatte. Sie war arbeitsam, frohmutig, gern gelitten, redegewandt, und ihre Laune, ihr Witz hat selbst in ihrem hohen Alter nicht versagt. Wenn ich Mundartliches dichtete, achtete ich im Geiste immer auf Sang und Klang und Ausdrucksweise meines lieben Mütterchens, das eben nur zur Not Gedrucktes lesen konnte. Von zehn Kindern war ich das vorletzte; der ältere, Alois, ist 1849 in Italien, der jüngere, Romuald oder Roman, 1866 bei Chlum gefallen; von den übrigen Geschwistern habe ich keine Erinnerung.

Als Knabe trieb ich mich lieber beim »Pirner-Bäcken«, meinem Paten, als daheim herum, obwohl ich mit der Mutter oft auch in den Wald »Holz klauben« ging, Halterbub war ich in den Vakanzen. Die Trivialschule (Volksschule) behielt mich länger als nötig; im »Ehrenbuch« stand ich obenan; der Kooperator *P.* Meinrad lieh mir Bücher, und die Rittergeschichten von Cramer, Spieß und Lafontaine verschaffte ich mir um Ministrantengroschen aus dem nahen Judenburg. Der musikeifrige Schulmeister Franz Swoboda lehrte mich, wie andere Kinder, singen, Triangel- und Tschinellenschlagen und auch Waldhornblasen, so daß ich Anno 1848 und 1849 mit Rudolf Falb in der »Banda« der Obdacher Nationalgarde Meinen Mann stellen konnte.

An einem Oktobertage 1849, da gerade im Ort ein Kalb mit drei Hörnern zu sehen war, bestiegen ich, der ältere, und Falb das Steirerwagerl, das uns unter dem Schutze des guten dicken Herrn Schulmeisters als Sängerknaben ins Benediktinerstift St. Lambrecht brachte. Nun, als Sänger und Musiker leistete ich wohl wenig – »unsicher im Treffen, gemütlos im Vortrage«; aber das Studieren machte mir so wenig Schwierigkeiten, daß mir meine geistlichen Lehrer beispielsweise in einem Jahr über die dritte, vierte und fünfte Schule hinweghelfen konnten. Nach vierjährigem Aufenthalte im

Kloster konnte ich in Klagenfurt die Aufnahmeprüfung für die siebente Lateinschule bestehen. Die Konviktszeit ist mir ein lichtes, freundliches Erinnerungsgut; Lehrern wie P. Odilo und P. Justus zolle ich dankbares Gedenken; Konrad von Forcher, Landesgerichtsrat Iberer, P. Benno, sind mir Freunde geblieben; wir Konviktsjungen hatten unser eigenes Papiergeld (§ 1 »Die Bank ist eine – Republik«), unsere Fehden, Femen und Gastereien; tolle Streiche, bei denen nichts Böswilliges mit unterlief, wurden gelinde bestraft; wir bekamen kein gehässiges Wort gegen Welsche oder Andersgläubige zu hören und ich durfte – Verse machen, die an Prüfungstagen mitunter sogar herumgezeigt wurden, auch Liebesgedichte, »aber nicht früher, als bis ich wußte, was Liebe sei«.

In Klagenfurt beendete ich das Gymnasium, die Reifeprüfung mit Auszeichnung bestehend. Einen Rückhalt fand ich da an dem studentenfreundlichen Hause des Stadtphysikus Dr. Adam Birnbacher, dessen edle Gattin mir in der Folge den Weg nach Wien bahnte. So kam ich auch zu Freitischen und Lektionen. Bücher über den Schulbedarf hinaus liehen mir Professor Karlmann Flor von St. Paul und der spätere Erzbischof Peter Funder. Ich lernte das kärntnerische Volkslied kennen und lieben – daher so manche Anklänge daran in meinen mundartlichen Schriften.

Wien betrat ich am 3. Oktober 1855. Ich hörte Jus ohne sonderlichen Herzensdrang, doch war ich kein schlechter Student, und die theoretischen, die geschichtlichen Fächer hatten viel Reiz für mich. Freundliche Aufnahme fand ich in den Familien des Teehändlers Carl Trau, des Oberfinanzrates v. Hausegger, des Direktors v. Plenker, des Kaufmannes Franz Breither, der in der konservativen Welt eine hervorragende Rolle spielte, und anderer Gönner, Der letztgenannte war ein Bruder des Lambrechter Geistlichen P. Rudolf, der mich getauft hatte; er vermittelte meine Teilnahme (»gleichsam an seiner Statt«) an der österreichischen österlichen Pilgerfahrt nach Jerusalem 1859; er nahm meine Reisebriefe in sein Tagesblatt »Österr. Volksfreund« auf; er machte mich zum Mitarbeiter, ja selbst zum Leiter dieses Organes – ein Verhältnis, das über 1864 hinaus gedauert hat. Im Jahre 1859 erschienen auch meine ersten Gedichte, enthalten in dem von Wiener Studierenden herausgegebenen »Album zur Schillerfeier«. Nach der Orientfahrt kam ich zunächst als Hofmeister und Konzipient ins Haus des Advokaten Dr. Wolfgang

Tremmel; aber ich schickte mich schlecht in die Kanzleipraxis, so daß ich bald lieber ganz der Tagesschriftstellerei angehörte. Ich hab' es demnach auch nicht völlig zum Doktor gebracht. 1865 und 1866 gehörte ich der Redaktion der »Presse« an. Ich wollte heiraten, aber ehe ich dazu kam, war ich wieder ohne Stelle. Dreimal hab' ich mich auf Grund meiner » Sonette aus dem Orient« und anderer schriftstellerischer Anläufe um ein Dichterstipendium beworben, aber vergebens. In den ersteren Monaten von 1862 beredete mich der mir wohlwollende Dichter Carl Beck zu einer gemeinschaftlichen Fahrt nach Italien. Das machte sich überraschend leicht; die Regierung gab mir als gewesenem »Volksfreund«-Redakteur einen Vorschuß von 300 fl. auf Berichte, die ich für die »Wiener Zeitung« schreiben sollte, und auch andere Blätter versprachen, ihre Spalten meinen Reisebriefen zu öffnen. Ich strebte denn auch bald weiter, als meinem Reisegefährten lieb war; ich trennte mich in Venedig, besah mir Bologna und Florenz, verweilte in Rom, drang nach Neapel vor und blieb sieben Monate aus.

Die zweite Romfahrt erfolgte schon im nächsten Oktober; ich weilte über ein Jahr in der ewigen Stadt, schrieb für ein halb Dutzend deutscher Blätter und ließ mir's sauer werden. Nachdem ich so bereits die Zentenar- und Kanonisationsfeier, sowie die Garibaldinische Invasion miterlebt hatte, traf ich daselbst zum drittenmal, und zwar als Konzilsberichterstatter der »Presse« ein. Auch das war ein anstrengender und heikler Dienst. Im Jahre des Krachs und der Wiener Weltausstellung war ich neun Monate lang in Italien, und anläßlich der slawischen Pilgerfahrt sah ich die Siebenhügelstadt wieder.

Dies meine italienischen Wanderjahre. Die freie Zeit widmete ich Kunststudien; zunächst hatte mir's die Malerei, sodann die Architektur, und zuletzt erst die Plastik angetan. Mit Künstlern verkehrte ich viel und gern, in den Ateliers war ich wohl gelitten, aber das ungebundene Leben machte ich nur wenig mit, denn ich hatte mein Herz in Wien zurückgelassen; es gehörte einer selbständigen Frau, die nach der Wanderschaft mir eine sorgsame Hauswirtin geworden und trotz allem Wandel eine edle Freundin geblieben ist bis zu ihrem letzten Atemzuge. In Rom begann ich meine Nachdichtungen der »Rime di Michelangelo«, von Franz Liszt ermutigt und unterstützt.

1871 war ich überflüssiger Kriegskorrespondent der »Presse«; ich sollte mich nämlich ausschließlich auf deutschem Boden herumtreiben. 1873 erschien mein »Karneval der Liebe« – der naive Mensch hatte ja doch auch schon manchen Tiefblick ins gesellschaftliche Leben getan. Ich hatte nun als Kunstreferent und Feuilletonredakteur der »Presse« einen ruhigen Dienst. Da mir aber die nationale Bedrängnis nicht gleichgültig bleiben konnte, verließ ich das genannte Blatt im Jahre 1883, als Kunstreferent bei der »Deutschen Zeitung« eintretend. An förderlichem Umgang hat es mir in Wien nie gefehlt; *Ferd. Kürnberger, Friedr. Uhl, C. Oberleitner, Ludwig Speidel, Karl v. Thaler* und in früherer Zeit der Komponist *Winterberger*, der Dramatiker *Schneegans*, die »Wartburg-Brüder« u. a. haben mit mir verkehrt. Deutschland habe ich zumal auf verschiedenen Ausstellungsfahrten kennen gelernt. Was jetzt noch mein Leben verschönt oder erfreut, gehört nicht hierher.

An die fünfzehn Jahre hatte ich die heimatlichen Berge nicht wiedergesehn. Als in den Ferienmonaten 1876 Steirisches, Kärntnerisches mir aufs neue traut zu Ohren klang, kam etwas zum Durchbruch, das ich in mir gar nicht vermutet hatte – meine Dialektpoesie, ein Tribut, den ich der lieben Heimat zollte! Und auf diesem Gebiete ist mir *Roseggers* Zuspruch zustatten gekommen.

Ähnlich wollen alle meine Schriften aufgefaßt sein: als Dank an das Leben, soweit es mich berührt hat, als Dank an den Boden, darauf ich Gastfreundschaft gefunden. Wie » *Sonette aus dem Orient«,* die Novellen » *Aus der ewigen Stadt«,* die Geschichten » *Auf heimatlichem Boden«* sprechen dies klar und offen aus. Anderes begreift sich unschwer daraus, daß meine Denkweise mehr geschichtlich als philosophisch, meine Anschauung mehr realistisch als idealistisch und mein Wesen mehr hingebend als selbstsüchtig, mehr beschaulich als tätig ist. Ob, was das Pult birgt, bei meinen Lebzeiten noch ans Tageslicht gelangen kann, weiß ich nicht. Ich darf mich eines arbeitsamen Lebens rühmen, sowie auch, meinen Namen nie feilgeboten oder preisgegeben zu haben. Das übrige steht in Gottes Hand.« Soweit Hans Grasberger über sich selbst. Das war 1891. »Vielleicht,« setzte ei mir damals bei, »gilt dieses Bekenntnis bald als Nekrolog.« Das Geschick hatte ihm Besseres zugedacht. Noch in demselben Jahre hielt er Hochzeit mit *Emilie von Domazewsky,* die ihm zwei Jahre später ein herziges Töchterlein geschenkt hat. Aber großes Glück ist nicht von Dauer. Wenige Jahre nachher begann er zu kränkeln und am 11. Dezember 1898 ist er in Wien gestorben.

Was seine Freunde persönlich an Hans Grasberger verloren haben, darüber ist wehes Schweigen beredteste Kunde. Nun wollten sie ihm ein Denkmal stiften, indem sie das Seine ihm geben und – der Literatur das Ihre. So ist nach manchen äußerlichen Widerwärtigkeiten, die zu überwinden waren, eine ausgewählte Ausgabe von Hans Grasbergers Werken zustande gekommen, der dieses Büchleins Inhalt entnommen wurde. Wohlgemut legen wir sie in die Hände des deutschen Volkes, und zwar ohne kritische Deutung und Erläuterung. Ohne daß ein Dritter dazwischen tritt, unmittelbar und unbefangen sollen Dichter und Leser sich nahe treten. So wie von allen, die diesen Mann gekannt, keiner je wieder von ihm loskam, so wird auch die warme freundliche Dichtergestalt ihre Leser festhalten und sie nie mehr ganz entlassen. Und daher wird und muß auch die zu München zu den verdienten Ehren kommen,

Krieglach, im Herbst 1904.

Peter Rosegger.

I.

Der neue Verwalter.

Nicht jeder Abschied braucht traurig zu sein; dem jungen Verwalter Ferdinand Wagner wenigstens scheint es nicht schwer zu fallen, Mutter und Schwester und deren Gartenstöckl zu verlassen.

Dank seiner Sparsamkeit und Beförderung ist dieses bescheidene Besitztum nunmehr schuldenfrei und er weiß die Seinen darin wohlgeborgen. Die Mutter ist trotz ihrer Jahre noch rüstig; sie ist noch immer die seine, gebildete Städterin, obwohl sie sich längst schon in die ländliche Umgebung hineingefunden hat. Anna, die Schwester, ist über die heikligsten Jahre hinaus, ist ledig geblieben und hat gut daran getan. Sie ist dem Vater nachgeraten, der als Syndikus, als strenger, rechtschaffener Mann ein rühmliches Andenken hinterlassen hat; ein herbes Juristengesicht, eine unfreiwillige Richtermiene kommt aber einem Mädchen wenig zustatten. Übrigens ist sie eine gute, ehrliche Haut.

Man sitzt noch beim Frühstückstisch im Freien; wenn auch der Morgen so herbstdämmerig und neblig ist, daß man kaum den Kirchturm des Örtleins ausnimmt, das dem kleinen Anwesen zu Füßen liegt, und obwohl manches vergilbte Blatt auf das Tischtuch niederrauscht: man deutet's nicht schwermütig. Denn man hat sich jetzt näher als früher. Ferdinand hat auf einem Schloß zu schaffen und zu walten, hat Pferde und Wagen zu seiner Verfügung, und dies sein Gespann soll recht oft vor dem lieben Gartenstöckl halten.

Jetzt freilich muß die Antrittsrede fortgesetzt werden, jetzt muß geschieden sein. Der Braune, außen am Gartenzaun angebunden, scharrt schon ungeduldig.

Die Mutter langt mit Mund und Armen zu dem geliebten Kind empor und flüstert unter Küssen:

»Und jetzt, nachdem du dich fort und fort unser angenommen, sorg auch einmal für dich selbst. Du weißt, wie gern ich eine Schwiegertochter ans Herz drücken möchte ...«

»Kommt Zeit, kommt Rat, liebe Mutter! Und wenn ich daran soll, dann nicht ohne euere Zustimmung, nicht ohne deinen Segen.« So Ferdinand.

»Viel Glück, Bruder, zu deinem neuen Amte!« lautete Annas letzter Gruß, und sie reichte dem Scheidenden die knorrige Rechte.

Dieser schwang sich leicht in den Sattel, zog aber gelassen fürbaß, wiederholt zurücknickend, bis die Krümmung des Weges ihn den Seinen entrückte.

Der »Graben« verengte sich bald, und das Sträßlein setzte da und dort über den Bach, sich zwischen zwei langgestreckten Waldrücken hindurchwindend.

Es war keine lustige Wanderung. Der Tag hatte sich zwar etwas aufgehellt, aber der Himmel lag wie eine schwere silbergraue Decke auf den Höhensäumen, die obersten Fichten- und Lärchengipfel verhüllend.

Wenn der Reiter trotzdem Anregung fand, so hatte er's seinem fachmännischen Auge zu verdanken. Seiner Aufmerksamkeit entging denn auch kein Holzriese, kein frischer »Schlag«, kein Kohlenmeiler, keine Sägemühle und kein ziehendes Fuhrwerk.

Der Graben läuft ins breitere Flußtal aus. Der bisherige Weg biegt auf die Hauptstraße ein und diese führt linkshin in die Kreisstadt. Ferdinand kennt sie gar wohl, die Kreisstadt, und gedenkt ihrer nicht ohne regeres Herzklopfen. Schöne Stunden hat er in ihr verlebt. Etliche Jahre jünger, Forstadjunkt, mit dem Hirschfänger an der Seite und dem Eichenzweiglein am Kragen, war er ein flotter Tänzer auf dem Bürgerball. Und die munterste der Schönen, die Bäckerstochter, hatte es ihm angetan: einen Schritt weiter, und er hätte nicht mehr zurücktreten können! Sie hat sich dann in eine noch entschiedenere Uniform verliebt und einen Offizier geheiratet, aber gar bald wieder sollen die jungen Leutchen auseinandergekommen sein. Wie sie wohl jetzt aussieht, die vielumschwärmte Rosa, und ob sie Kinder hat? Wahrscheinlich lebt sie wieder im elterlichen Hause.

Diese Erinnerungen machten den Reiter tief aufatmen und übergossen sein Gesicht mit jähem Rot.

Gleichwohl ließ er die Kreisstadt abseits liegen und schlug den Weg zur Rechten ein, der ihn unmittelbar seinem Ziele näher brachte.

Im kleinen Marktflecken, hinter welchem der Grenzsattel ansteigt, hielt er Mittagsrast. Er hätte ihn nicht zu berühren gebraucht, sondern ohne diesen Umweg zu seinem Schlößlein emporsteigen können. Aber er wollte daselbst lieber abends erst eintreffen und seine Leute beisammen finden.

Als er sich wieder aufmachte, lenkte er vorerst an einigen Meierhöfen vorüber in den Sensenschmiedgraben; denn es kann nicht schaden, wenn er unterwegs gleich inne wird, was die rußigen Gesellen schaffen, welche Vorräte aufgehäuft liegen und welchen Bestellungen nachzukommen ist. Die Werke sind ja auch gräflich, und er hat ihre Erträgnisse zu verrechnen.

Nun aber wird's Zeit, an den förmlichen Eintritt zu denken: also zurück aus dem Graben und dann den Schloßberg hinan.

Der Weg zum letzteren führt an der Gemeindeweide vorüber, und da bot sich dem Wanderer ein Anblick, dem zulieb er Halt machte und dem Gaul sich auszuschnaufen gestattete, ob er's not hatte oder nicht.

Den Gemeindegrund durchzieht ein Wässerlein, das nahe am vorderen Zaun einen ruhigen, spiegelnden Tümpel bildet. Daselbst unterhielten sich zwei seltsame weibliche Wesen, eine bettelnde Alte und ein Kind, das Hirtenmädchen. Erstere kennt Ferdinand bereits, sich nur verwundernd, daß sie auch hier herum komme. Ihr Auftreten ist immer gleich eigen und verrückt. Auf dem Kopf trägt sie eine papierne dreifache Krone, mit Rauschgoldflitter da und dort noch; sie mag ursprünglich bei einem ländlichen Paradeisspiel in Verwendung gewesen sein. In der Rechten führt die harmlose Landstreicherin einen Stecken, der vorn einem Hammer gleicht; im offenen Körbchen an der Linken sind allerlei ungleiche Stäbchen mit eingeritzten Zeichen; das Wanderbündel ist blau, und aus dem Bettelsack holt sie nun allerlei farbiges, glitzerndes Zeug hervor, das sie blöd lächelnd in offener Hand dem Kind darbietet, welches seine Rehaugen mit gespanntem, musterndem Ausdruck darauf heftet.

Es ist eine anmutige, eine phantastische Kleine, halbwüchsig erst. Um das braune Hälschen schlingt sich eine rote Beerenschnur, die vorn aufs Kleidchen niederhängt. Die dunklen Seidenhaare fallen ihr wellig auf die Schultern, und auf dem Scheitel sitzt ein Kränzlein aus buntem Herbstlaub. Offenbar hat sich das Mädchen im Silbertümpel bespiegelt, als sie sich diesen Schmuck ordnete. Des Gesichtchen ist ein zartes Rund; fein sind die Händchen, die braunen Füßchen, und das ärmliche Röckchen ist sichtlich schon zu kurz.

Jetzt gewahrt die Kleine den Reiter und schaut ihn mit einem verwunderten, einem langen, unverwandten Blick an, und dabei richtet sie sich gerade auf, die Füßchen eng geschlossen, die Gerte in der Rechten auf den Boden stützend. Sie ist mehr erstaunt als verwirrt, und es fällt ihr nicht ein, sich des nichtigen Geschmeides zu entledigen.

Ferdinand schüttelt das Haupt und murmelt für sich: »Was die für Augen macht! Ein merkwürdiges Kind!«

Und wohlgemut trabt das Rößlein aufwärts, als wüßte es, daß es, wie sein Herr, etwas zu gelten habe.

Der neue Verwalter ist erwartet, wird bewillkommnet, er sieht alte bekannte wie fremde Gesichter, offene Mienen und krumme Rücken. Er richtet ein kurzes Wort an die Umstehenden; es klingt aber schneidig. »Der Herr Graf hat, wie ihr wißt, mich zum Verwalter ernannt, mich über euch gesetzt. Ich will genau zusehen, aber nichts Unbilliges verlangen. Wer fleißig ist und redlich dient, kann mich leicht zum Freunde haben. Für heut' ist bereits Feierabend. Morgen geht's ans Tagewerk, frischen Mutes, wie ich hoffe. Und nun allseits guten Abend!«

II.

Tagesereignis und Tischgespräch.

Wagner hatte noch kaum völlig Einblick genommen in die weitläufige Verwaltung und die Jagden seines Herrn, des Grafen, der ihm sichtlich viel Vertrauen und Auszeichnung zuwendete, mitgemacht, als er Mutter und Schwester kommen ließ. Und diese hatten bereits mit Ungeduld auf das Doppelgespann, das sie abholen sollte, gewartet. Begreiflich auch; hörte doch, seit der junge Verwalter das Schloß bezogen, im Gartenstöckl das eine vom andern nur: »Der arme Ferdinand! Nichts als die kahlen Wände wird er haben in seinen Stuben! Eh' er die schönen Zimmer bezöge und sich in ein herrschaftliches Bett legte, schläft er gewiß lieber wie ein Knecht bei den Pferden.«

Daher hatten die beiden Frauen längst mit einem wahren Plünderungseifer ihr gemütliches Heim nach nützlichen und niedlichen Hausgeräten durchstöbert und kamen schließlich mit so viel Kisten und Kasten, Bündeln und Schachteln angerückt, daß Ferdinand lachend ausrief: »Ja, wollt ihr denn zu mir ins Schloß übersiedeln? Mir recht!«

Die Frauen taten geheimnisvoll, und er durfte nicht dabei sein, als sie mit vergnügten Mienen und hastigen Händen ans Auspacken gingen.

Übergroße Sorgfalt! Die alte Schaffnerin, Frau Grethi, sah ja doch auch auf den Verwalter und hielt auf Ordnung und Reinlichkeit; ihr Schlüsselbund durchklingelte unermüdlich das ganze Haus, und ihre Kochkunst wußte sogar herrschaftlichem Gaumen zu genügen. Mutter und Tochter konnten sich daher bald auswärts umsehen. Der schönen Stunden des Tages waren freilich nur wenige, aber sie ließen sich um so gründlicher ausnützen, als Wagen und Pferde zu Diensten standen. Man hatte daher auch schon in der Kreisstadt Einkäufe gemacht, über den Grenzsattel geblickt und diesen wie jenen Hammergraben kennen gelernt.

Der gewöhnliche Ausflug galt aber dem Marktflecken, und von da kamen die Frauen einst mit einer grausigen Neuigkeit zurück. Der Weißgerber des Ortes, erst seit gestern eingezogen, hatte sich im »Loch«, in der »Keuchen« mit dem Fürtuchband beim Fenster-kreuz – aufgeknüpft. Das gab nun just kein angenehmes Tischge-spräch ab.

Um einen anderen Ton anzuschlagen, bemerkte die Mutter: »Glaub' nicht, daß es uns durchaus nur um eine Gänsehaut den Rücken hinab zu tun war. Wir haben auch einen allerliebsten Schatz kennen gelernt. Steht dir – weiß Gott, wie es dahin gekommen, – bei der Tür der schrecklichen Stube ein schmales, ärmliches, aber feines Mädchen und starrt unausgesetzt auf die Leiche. Der krampfhaft geschlossene Mund, die ganze Gestalt zittert. In dem Gesichtchen ist so viel Seele, so viel Gefühl und Schrecken, daß mich der Anblick rührte. Und diese schönen dunklen Augen – ich sage dir, abgrund-tief traurig waren sie. Die Anna faßte das bebende Geschöpf bei der Hand, und wir führten es heraus ins Freie. Ich wollte das arme Dirnchen nicht kränken und doch vermeint' ich die Tochter des Selbstmörders vor mir zu haben. »Was ist dir, Mädchen?« fragt' ich; »ist dir so schwer ums Herz, weil du das einzige, das du noch hat-test, verloren?«

»Nein! Gott sei Dank, mein Vater lebt!« sagt sie mit einem Aus-druck, als sei ihr eine Erlösung geworden. Und schau nur, wie scharf sie auf meine Frage eingegangen. Ich weiter: »Wer bist du denn?« – »Die Nachtwächter-Resi,« antwortete sie erst, und dann sich verbessernd: »Theresia Teichgruber heiße ich, und mein Vater ist der Nachtwächter.« – »So so, und du machst?«

»Was mir die Leute auftragen; schaffen Sie vielleicht was, gnädi-ge Frau?« – »Das nicht; aber das drinnen ist ein zu trauriger Ort für dich.« So unterhielt ich mich mit dem lieben Kind. Es ist ein ge-scheites, zartes Persönchen. – Schade, wenn's in grobe Hände kommt! Nicht wahr, Anna?«

»Ja, Mutter! Aber warum erzählst du denn nicht auch, was alles uns die Frau Zeilinger über die herzige Resi gesagt hat?«

»Es langweilt unseren gestrengen Schloßherrn.«

»Das nicht; aber macht mir nicht gleich ein Wunderkind, eine Fee oder verwunschene Prinzessin aus eurem Schützling.«

»Spotte nur! Es trifft nicht mich, sondern die Zeilinger, die in der Kleinen ein besonderes Kind erblickt. Sie ist die Erste in der Schule, obgleich keine so oft ausbleiben muß als gerade sie, sagt die Frau Zeilinger. Sie ist zu allem willig und geschickt, zum Kinderwiegen, zum Viehhalten, zu Botengängen, zum Jäten, zum Nähen oder Stricken, sagt wieder die Frau Zeilinger. Und es muß wohl was daran sein an dem jungen Wesen, dem's gleich ist, ob es in einem warmen Bett oder im Heu oder auf der bloßen Erde schläft, das überall beliebt und nirgends lästig ist, das dem Vater jeden guten Bissen zuträgt und selber von der Luft zu leben scheint und das sich die Frau Zeilinger an Kindesstatt wünschte, wenn sie nicht ihr eigenes mehrfaches Hauskreuz hätte.«

»Das ist warm gesprochen für die kleine Unbekannte,« sagte Ferdinand. »Bring sie nicht ins Gedränge, die gute Anna, deren Herz für alles Notleidende oder Verkannte Partei nimmt. Ein Zug von der Kleinen wird selbst dich überraschen. Wird im vorigen Winter der Nachtwächter, ihr Vater, unwohl, und statt daß, wie sonst, der Faustmann oder der Naglernaz einspringt, setzt sich die schmächtige Resi die Pudelmütze auf, schlüpft in die schweren Schuhe, nimmt den Mantel um, greift zur Hellebarde und zur Laterne und wandert die dunkle Nacht hindurch den Ort auf und nieder, in die Kreuz und Quere, die Stunden ausrufend! Sie wollte ganz der Alte sein und versuchte zum erstenmal, das Sprüchlein wie tief in den Bart gebrummt laut werden zu lassen. Das zog ihr aber einen Hustenanfall zu, und so setzte sie lieber mit ihrer hellen, lieben Kinderstimm' ein. Man hätte selbige Nacht glauben können, ein Engel mit seinem »*Gloria in excelsis*« schreite das schlummernde Örtlein ab.«

» Sagt die Frau Zeilinger,« fuhr Ferdinand dazwischen.

»Nun hast auch du deinen Teil, Mutter! Aber jetzt ist schon alles eins, jetzt sollst du auch das von der Nähterin noch hören. Daß diese eine geschickte Person ist, kannst du an deinen Hemden ersehen. Gleichwohl sagt sie, die Kleine habe mehr Geschmack als sie selber; die Kleine wisse mit Waldbeeren und Laubwerk umzugehen, wie eine Theaterprinzessin mit ihrem Flitterstaat.«

»Halt, Anna, jetzt hab' ich sie! Auch ich kenne euer Mädchen aus der Fremde. Bei meinem Eintritte war's, und draußen auf der Gemeindeweide fand ich sie mit der alten Urschl beisammen, das Kind mit der Närrin!

Aber merkwürdige Augen hat die Kleine, das ist richtig, und insoferne kann ich euch zu ihrer Bekanntschaft nur Glück wünschen. Prost Mahlzeit! Ich muß draußen noch Umschau halten, sonst entschlüpft mir der Tag.«

III.

Eine Schlittenfahrt und Fronleichnam.

Wagner sah die Seinen nicht ungern ziehen; sie sollten unterwegs nicht zu leiden haben und noch Zeit finden, sich ihr Winternest behaglich zu gestalten. Aber er vermißte sie doch auch nicht wenig; denn an herzliche Zwiesprach', an eine liebevolle Umgebung gewöhnt man sich nur zu bald, und ist's damit plötzlich zu Ende, so fällt die Vereinsamung auf, mit der man sich sonst leidlich vertragen. In sommerlangen Tagen ergeht man sich mit Behagen in weiten Räumen, aber die Winterabende möchte man eng- und trautgesellt verbringen.

Der Tätige findet allerdings immer etwas zu tun, und tätig war der Verwalter von Haus aus, nicht bloß des guten Beispiels wegen, das er seinen Leuten geben wollte. Auch fühlte er sich zu rüstig, als daß er passender Unterhaltung aus dem Wege gegangen wäre. Er schob ab und zu, und solange es im Freien anging, mit den Bürgern des Marktfleckens beim Kronenwirt Kegel.

Nachdem der erste ausgiebige Schnee gefallen, unternahm er aber mit anderen, die dazu Lust hatten, eine Schlittenfahrt in die Kreisstadt. Er hatte dort zu tun und das winterlich-würzige Vergnügen genoß er nebenbei. Das Schauspiel, Schlitten auf Schlitten unter Schellengeklingel, von dampfenden Pferden gezogen, die weiße, glitzerige Straße dahersausen zu sehen und darauf die pelzumhüllten Gestalten zu mustern, läßt sich jung und alt selten entgehen. Es ist das eine wilde, verwegene, aber zugleich wohlig wiegende Jagd, die jeder Beschauer selbst auch mitmachen möchte. Und auf Zuschauer beim Einzuge rechnete der Verwalter und unter den Zuschauern auf ein Gesicht, das ihm einst vor so vielen anderen reizenden, blühenden Gesichtchen lieb gewesen. Rosa! erklang es in seinem Herzen, Rosa! kam es schier auf seine Lippen. Und warum sollte er den süßen Namen nicht flüstern dürfen? Die Schellen lassen den leisen Ruf nicht aufkommen; er gefriert wie ausgehauchter Atem in der schneidigen Luft und verweht wie ein Seufzer.

Jetzt muß das Bäckeranwesen in Sicht kommen und jetzt steigt die Straße so sehr, daß es unmöglich wie im Fluge zum weiten Platz hinauf vor das Wirtshaus gehen kann, das seine Gäste mit Tee und Punsch schon erwartet, und die Rampe gestattet nur auf der einen Seite eine größere Ansammlung von Schaulustigen, und gerade auf dieser Seite liegt das Bäckerhaus, und ein Jägerblick faßt schnell und sicher.

O du barmherziger Gott! *Dies* die schöne, vielumschwärmte Rosa von einst? Nichts als die vornehm gezogenen Brauen und die Seidenwimpern der blauen Augen läßt sie erkenntlich erscheinen, aber diese Augen blicken müde, unglücklich und elend. Und dieses schmale, engbrüstige Mädchen mit dem gesenkten Köpfchen, gleich einer geknickten Knospe, ihr Kind? Vorüber, vorüber, holder Jugendtraum! Dein heutiger Anblick tut – weh.

Auf dem Heimweg schienen die Schellen den Enttäuschten auslachen zu wollen. Er hatte vorderhand in der Kreisstadt nichts mehr zu tun!

Eine andere Unterhaltung gewährte der Schloßteich. Zugefroren ergab er den glattesten Spiegel und das »Eisschießen« konnte angehen. Es ist dies ein männliches Vergnügen, wenn auch dem städtischen Billardspiel vergleichbar. Statt des grünen Tuches die schimmernde Eisfläche, statt des Stoßstockes eine unten glatte, oben kegelförmig anschwellende, eisenbeschlagene Holzscheibe mit einer gerade aufstehenden Handhabe! Die gegnerischen Parteien werden ausgelost. Das »Ziel« wird geworfen; wer demselben mit seinem zum Hinsausen geschwungenen Eisstock zunächst kommt oder andere nähere davon »hinwegschießt« und an deren Stelle bleibt, hat gewonnen. Das alles in der grimmigsten Kälte! Wer sich nicht rührt, friert auf der Eisdecke an; wer aber die wuchtige Scheibe wieder und wieder schwingt, bringt sein Blut in Wallung. Wagner liebte dieses Spiel und lud gern die Honoratioren des Marktes dazu ein; es durfte nicht hoch gehen, und die Bewirtung war einfach, aber reichlich.

Einmal während des Eisschießens sah er die närrische Urschl am Teich vorüberkommen, ganz so phantastisch angetan wie damals auf der Gemeindeweide. Das liebliche Kind an ihrer Seite fehlte, aber an dasselbe mußte er unwillkürlich einen Augenblick lang denken.

Beim Jahresabschluß kam er dem Schreiber Mayer auf Schwindeleien. Derselbe mußte gewisse Kohlenfuhren für das untere und für das obere Werk zugleich angeschrieben, also doppelt verrechnet haben, vermutlich um mit dem Lieferanten den Gewinn zu teilen. Erst vergewisserte sich Wagner der Sache und dann ließ er den Schuldigen vor sich kommen.

Derselbe trat ziemlich zuversichtlich auf, hatte aber ein Gesicht, das dem Verwalter gleich anfangs unangenehm aufgefallen war.

Zur Rede gestellt, schwatzte Mayer vom Usus unter der früheren Verwaltung, von üblichen Nebensporteln, und daß man ohne dieselben nicht auskommen könne.

Damit kam er aber schön an. In Amtssachen verstand Wagner keinen Spaß, und davor, daß der Schuft, um sich rein zu waschen, die alte Wirtschaft verdächtigte, ekelte ihm nicht wenig.

Er entschied daher kurz und gut, Mayer habe das widerrechtlich Eingesackte in kleinen Raten bei Heller und Pfennig zu ersetzen; er könne gehen, wenn ihm das nicht behage, und beim nächsten Verstoß sei seines Bleibens in gräflichen Diensten nicht länger.

Wie nun der Wicht zusammenknickte und sich demütigte! Aber ehe sich die Türe hinter ihm schloß, warf er einen grimmigen Seitenblick auf den Gestrengen.

Von selten des Verwalters war der ärgerliche Vorfall abgetan, vergessen.

Im Frühjahr gab's Arbeit an allen Orten und Enden. Wagner kam selten vom Gute ab, das er in dessen weitestem Umfange zu überwachen hatte. So rückte Fronleichnam ins Land und er merkte es kaum.

Am Festmorgen begab sich Wagner aber ziemlich früh in den Markt hinunter. Er mit den Seinen hatte beim Umgange die Herrschaft zu vertreten; er hätte sich aber auch sonst kaum von der lieblichen Feier ausgeschlossen, als Landmann im Volke wurzelnd und dessen Sitten und Gebräuchen zugetan.

Was ihm am unteren Ende des Marktes, den er von der Seite betrat, zunächst auffiel, das war die Altarschmückerin. Er sah sie selbst nur von rückwärts, hatte aber ihr Werk voll vor sich. Schon war der rote Baldachin aufgeschlagen und hing das Bild: schwebende Engel, die das Allerheiligste anbeten, darunter. Die Unbekannte ordnete die niederhangenden Falten, sie breitete das schneeweiße Altartuch aus und stellte die halbverblaßten Sträuße von Kunstblumen und die Leuchter auf. Das alles geschah schnell, schicklich und mit einer Aufmerksamkeit, die ganz von der Aufgabe in Anspruch genommen war. Nun wurden aus einem Korbe frische Blumen hervorgeholt, um mit deren zartesten die Kerzen zu umwinden, mit den volleren ab erklaffende Stellen auszufüllen, Schadhaftes zu ergänzen, Plumpes zu verdecken und den Farben nach gleichzeitig Abwechselung und Übereinstimmung zu erzielen.

Wenn die Ordnerin im Zweifel war, so trat sie ein paar Schritte vom aufgeschlagenen Altar zurück, prüfte mit scharfem Blick, und verbesserte mit rascher Hand. Wenn sie so das Ganze musterte, wiegte sie sich leicht nach rechts, nach links hin und nickte schließlich zufrieden. Immer aber so ganz bei der Sache, daß sie gar nicht bemerkte, wie sich Zuschauer ansammelten. Ihr Werk war ein Poetisches, ihr Gebaren ein graziöses.

»Ja, die versteht's,« bemerkte einer zum andern.

»Woher sie's nur hat?« fragte man sich verwundert.

In diesem Augenblicke hörte man vom nächstoberen, improvisierten Altar herab: »Resi, komm! Wir kennen uns nicht aus.«

»Gleich! Ich bin hier so gut wie fertig,« lautete die bereitwillige Antwort, von einem vertröstenden Seitenblick begleitet.

Schon der Anruf Resi hatte die Aufmerksamkeit des Verwalters erhöht. Die erwidernde Stimme kannte er zwar nicht, aber sie paßte wie ein Festglöcklein in die Stimmung des Tages.

Und nun dieses Profil, diese Augen, die er einmal gesehen und nicht wieder vergessen hatte: kein Zweifel, das ist das seltsame Kind von der Gemeindeweide. Aber wie hat es sich entwickelt seither! In der Tat, in dieser Umgebung erscheint es wie ein Mädchen aus der Feenwelt. Die Mutter hat recht: es wäre schade, wenn's in vergröbernde Hände geriete. Und sie soll auch nicht mehr nachts in der garstigen Vermummung auf die Gasse, und auf der einsamen Trift ist sie auch nicht genugsam gehütet. Wie das Bild, so der Rahmen: so sollt' es sein ... Unter diesen Gedanken schritt der Verwalter weiter.

Unter den weißgekleideten Mädchen war beim Umgange die Altarschmückerin nicht zu entdecken. Sie folgte diesen glücklicheren Kindern allein, in ärmlichem Braun, mit nichts als einem weißen Röslein im geordneten Haar.

IV.

Der Nachtwächter stirbt.

Die Frauen im Gartenstöckl wählten diesmal den Hochsommer zur Besuchszeit und trafen es gut damit. Nun war der Wald trocken und gewährte je höher, desto mehr feierliche Stille und Erquickung; nun konnte man da und dort nach Behagen weilen, um die Aussicht zu genießen oder würzige Düfte einzuatmen; nun schäumte es milchig auf zwischen Steinen und Moosen oder spiegelte sich der blaue Himmel mit seinen Silberwolken, die schöne Nacht mit ihren Sternen im Schloßteich klar wieder.

Die Bekanntschaften im Markt drunten wurden von den Frauen erneuert und erweitert. Man sprach bei der Zeilinger vor, verplauderte manch halbes Stündchen im Kaufmannsladen, verkehrte schon aus berufsmäßiger Neigung mit der Familie des Herrn Richters und ließ sich nicht selten von der Verwesersfrau den Jausenkaffee auftischen. Die Nachtwächter-Resi war aber nicht die letzte, nach der man sich erkundigte, die man aufsuchte, ja, die man sich kommen ließ. Sie, die Resi, war nicht das besondere, reizende Kind mehr! Um was sie größer geworden, schien sie auch gesetzter zu sein. Sie ging nicht mehr mit der alten Unbefangenheit aus einem Haus ins andere, aber wo man sie rief, trat sie bescheiden und wie ein Geschöpf ein, dem man gut sein mußte und dem man kein hartes Wort zu geben vermochte; und wer sie sah, nickte und hatte ein stilles Wohlgefallen an ihr. Merkwürdig, man wollte sie's nicht einmal fühlen lassen, daß sie arm, daß sie die Ärmste des ganzen Ortes war. Die halbwüchsigen Bursche, denen sonst zutäppisches Wesen eigen ist, sagten von ihr: »Sie ist ein verzogener Fratz und bricht wie Marzipan, wenn man sie anrührt.« Sie hatten also eine eigentümliche Scheu vor ihr und gestanden sich's nicht. Ein Kenner würde vielleicht gesagt haben: »Die paßt in diese Gegend wie ein südlicher Vogel, den Wind und Wetter verschlagen.« Und in der Tat war ihr etwas Fremdartiges eigen, und: »Wer nur diese Zigeunerin hergebracht hat?« hörte man nicht selten.

Als Wagners Frauen das Mädchen zum erstenmal wieder gesehen, sagte die eine zur andern:

»Hast du bemerkt, wie zart ihre Schläfen, wie rot und feingezogen ihr Mund?«

»Und voller ist sie geworden.«

»Und dieses Hälschen! Mich deucht, wenn ich ein Mann wär', dreinbeißen müßt' ich.«

»Aber das Reizendste an ihr ist doch die Linie von den Wangen zum Kinn herab.«

»Nun, und ihr schönes dunkles Haar? Und ihre perlengleichen Zähne? Und sie weiß gewiß noch nicht, was eine Zahnbürste ist.«

»Wir sollten uns doch erkundigen, woher ihre Mutter gewesen.« Und die Frauen beschlossen, Resi ein paarmal in der Woche, namentlich an trüben Tagen, aufs Schloß kommen zu lassen. Sie wollten ihr wohl; und sie könnte sich im Weißnähen üben, an Umgangsformen gewinnen und manches vernehmen, was der Ungebildeten, der Unerfahrenen zugute komme, meinten sie.

Ein kleiner Vorfall trug bei, auch das Schloßgesinde auf die neue Nähterin aufmerksam zu machen. Ein Hausierer erschien zur Zeit der Mittagsrast im Schloßhof. Drunten im Markt, wo Kaufmann und Krämer ansässig waren, durft' er seinen Kasten nicht absetzen, wohl aber auf den umliegenden Höfen, also auch im Schlosse. Frau Wagner durfte für die zeitweilige Schloßfrau gelten. Bei ihr pocht' er auch an, mit der Bitte, seinen Kram auslegen zu dürfen. Hinter ihm zeigten sich in der Türöffnung neugierige Gesichter. Die Frau Mutter erlaubte ihm und seinem Gefolge einzutreten, und bald wurden Lad' und Lädchen und all ihr gleißender Inhalt von dunklen und hellen Augen lüstern beguckt. Aber Knecht und Dirn überlegen sich 's lange, eh' sie zugreifen und zahlen.

Auch die Frauen hatten sich erhoben und hinter ihnen stand Resi, den Blick auf den Flimmer und Flitter gerichtet, als hänge sie den tiefsinnigsten Rätseln und Gedanken nach.

Des Wählens wollte kein Ende werden. Jede Dirn täte sich gern was kaufen und wußte nicht was. So schien's.

Da bat Resi, mit einem raschen Umblick die guten Leutchen, eins ums andere, betrachtend: »Erlauben Sie, gnädige Frau, daß ich den Unschlüssigen an die Hand gehe?«

»Tu's, mein Kind!«

Im Nu hatte sie ein Seidentüchlein hervorgezogen, das sie schweigend der jüngsten Magd überreichte. »Ja, das gefällt mir,« sagte diese; und der Chor bestätigt: »Ja, das steht dir gut.«

Rasch war auch ein Kleiderstoff gefunden, der einer anderen Dirn, wie eigens für dieselbe gemacht, zu Gesicht stand.

Und nun wollt' auch der eine Knecht ein passendes Halstüchel, der andere seinen richtigen Pfeifenkopf haben.

Der Händler blickte verwundert auf die junge Person; die bereits ihren Teil hatten, lächelten glücklich.

»Und gefällt der Jungfer selber denn gar nichts von meinen Sachen?« drängte der Hausierer.

Resi schüttelte ihr Köpfchen, ohne traurig zu blicken. Sie bekümmerte sich auch nicht weiter, ob sie andern eine Freude gemacht, sondern setzte sich, nachdem die Geschäfte abgeschlossen waren, wieder ruhig an den Nähtisch.

Eines Morgens war der unverkennbare Landregen da. Die Nachtwächter-Resi wurde um so sicherer erwartet, als der graue Tag auch lang zu werden sich anschickte. Sie verspätet sich, sie ist säumig, sie kommt nicht.

Gegen Mittag bewegt sich's langsam und schwankend wie ein verblichener Fliegenschwamm den Schloßberg herauf. Das riesige Regendach streift fast triefend den Boden. Ein kleines Mädchen ist darunter, das eben aus der Schule kommt.

Sie hätt' einen Zettel für die gnädige Frau.

»Gib her! Sie sitzen schon bei Tische. Du bist ja die Kleine vom Faltermann oben? Den Schirm stellen wir da her; da kann er auf die Bodensteine ablaufen. Setz dich zum Herd! Hast du wohl gute Schühlein an? Kriegst ein warmes Süpplein, ein eingetropftes.«

Die alte Schaffnerin so. Und beim nächsten Gange überreichte sie der Frau Wagner den zusammengefalteten, feuchten Zettel. Er ist mit Bleistift geschrieben. Die Mutter liest ihn, wird nachdenklich und reicht ihn der Tochter.

Auf diese wirkt er ganz ebenso, und sie übergibt ihn dem Bruder.

Darauf verharrt das ganze Kleeblatt im Stillschweigen.

Auf dem Papier aber stand: »Ich bitte die gnädige Frau um Entschuldigung, daß ich nicht kommen kann. Mein guter Vater ist gestorben ...«

Die Botschaft kam von der armen Resi, und Anna rief auch, die erste, aus: »Was soll nun aus der Armen werden?«

Auf diese Wendung war man nicht vorbereitet. Daran, daß die Resi einmal ganz allein in der kleinen Keusche stehen sollte, erst noch vorausgesetzt, daß ihr dieselbe auch wirklich verbliebe, daß sie in der ihr gewissermaßen ganz fremden Welt auch die letzte Stütze verlieren konnte, hatte man wahrlich nicht gedacht. Der nun dahin, das war ihr Vater, ein zwar armer Teufel, aber für sie doch wohl der einzige moralische Halt. Und man konnte dem alten Teichgruber nichts Schlechtes nachsagen. Er zeigte sich nie betrunken oder zerlumpt. Er taglöhnerte, solange er bei Kräften war, und versah seinen nächtlichen Dienst gewissenhaft.

Anna wiederholte: »Was soll nun die arme Resi anfangen?«

»Je nun,« meinte die Mutter, und es klang fast herb, »sie kann ein Kindsmädchen abgeben, kann sich noch zu einer Feld- und Kuhdirn entwickeln, kann der alten Nähterin Konkurrenz machen oder Kellnerin werden ...«

»Aber Mama, das kann dein Ernst doch nicht sein?«

»Ja, weißt du denn bessern Rat? Sie ist eine feine Person, und es wäre schad' um sie, aber die Welt da herum ist grob in ihren Anforderungen und Bedürfnissen; sie hat keinen Platz für ein Luxusgeschöpf.«

»Die Mutter hat recht; die Welt ist einmal so,« ließ sich Ferdinand vernehmen. »Das braucht uns aber nicht abzuhalten, für Resi ein besseres Plätzchen auszumitteln; denn jenseits dieser Berge sind auch Menschen, und anderes Leben, anderes Streben! Ich könnte die Verlassene als Küchenmädchen unserer Wirtschafterin empfehlen – sie käme in gute Hände und könnt' auch was lernen. Aber freilich, sobald ihr fort, fiele ein schiefes Licht auf sie oder auf ihren Fürsprecher.«

Die Mutter drauf: »Also bist auch du mit deinem Latein zu Ende? Wie wär' es, wenn *wir* die Kleine als unseren Gast mitnehmen wollten?«

»Mama, das ist ein göttlicher Einfall; ich beneide dich darum! Nun kann's gut werden.« So Anna.

Und die Mutter fuhr fort: »Wir haben zwar nur eine kleine Wirtschaft, aber man lernt in ihr genau zusehen und vieles richten. Auch könnten Stickrahmen und Merkbüchlein wieder zu Ehren kommen. Wir lesen gern, und wenn wir das eben Aufgenommene durchbesprechen, so fällt für ein aufmerksames Ohr manches Nützliche und Belehrende ab. Wir beide verstehen uns auf den Kleiderschnitt; wozu hielten wir auch die Modezeitung, als um doch ein bißchen mit der großen Welt zusammenzuhängen?«

»Das wird köstlich werden,« jubelte Anna weiter.

Ferdinand aber sagte: »Nicht übel! Je nachdem sich die eine oder die andere praktische Seite bei ihr ausbildete, könnte man Resi dann weiter empfehlen, und sie tritt gefestigt in die Welt. Aber als Gast bei euch will sie mir nicht recht gefallen.«

»Sie braucht ja so wenig!«

»Nicht das, Anna! Aber wie soll sie dabei den Wert ihrer Arbeit, ihres Eifers, den Wert des Geldes kennen lernen? Nehmt sie, damit das Kind einen Namen habe, als Stubenmädchen gegen etliche Gulden monatlich zu euch. Das demütigt sie nicht, sondern spornt sie an.«

Die Mutter drauf: »Daran hätt' ich denken sollen; es ist ein guter Ausweg.«

»Und handelt nicht voreilig. Warten wir erst ab, was im Markt fürs arme Nachtwächterkind ausgekocht wird.«

»Ja, Bruder! Aber es heitert sich etwas auf; ich geh' zur Resi hinab.«

»Und ich schneidere ihr etwas Schwarzes zusammen: einen Kragen über ihr geblümtes blaues Kleidchen, und mein schwarzer Schleier mag ihr das schmale Gesichtchen umrahmen.«

Anna traf die Verwaiste weniger verweint als still und tieftraurig. Eben verließ der alte Faustmann das Stübchen, nachdem er bei der Aufbahrung mitgeholfen – er, der vermutliche Dienstnachfolger des Toten.

Der kleine hölzerne Raum machte keinen abstoßenden Eindruck. Es war da ein Schein, der wohl tat, und die kleine Ursache desselben ward nicht sogleich wahrgenommen.

Der alte Mann lag friedlich gebettet und fast wie verklärt da. Zu Häupten an der Wand hingen, wie eine Trophäe schier, der Wettermantel, die Pudelmütze, die Laterne und die Hellebarde. Ein ärmlich Kruzifix stand zur Seite auf dem Tischchen zwischen zwei dünnen Wachskerzen, von welchen die eine im eisernen Gewindleuchter, die andere im Hälschen einer kleinen Glasflasche stak. Davor war ein Weihbrunntröglein mit einem Fichtenzweiglein darin. Der Fensterbalken war zu.

Und nun entdeckte man auch den Grund des tröstlichen Scheins. Auf der Fußbank des Bettes stand ein brennendes Lämpchen; das war aus rotem Glase.

Darauf hindeutend, fragte das Fräulein: »Das hast du wohl vom Mesner; es ist ein Grablämpchen.«

»Nein, bei der Muttergottes am Mittersteig hab' ich mir's ausgeliehen, für heut' und morgen; dann bring' ich's ihr angefüllt zurück. Dort stand es leer, und ich konnte zur Not mit der Hand danach hineinlangen.«

So die Resi, und das Fräulein darauf: »Na, wie du dir zu helfen weißt, das ist erstaunlich ... und auch ein bißchen keck.«

»Ja, aber liegt er so nicht schöner dort, als grüßt' ihn schon ein Strahl vom Himmel?«

Beim Nachtwächter wurde keine Totenwache mit Gesang und Trunk abgehalten. Nur wenige kamen, um Nachschau zu halten. Die Tochter hielt getreulich aus, still und tieftraurig, nicht klagend und nicht geschwätzig.

Die Schloßfrauen zogen mit hinaus auf den Friedhof, um dem geheimnisvollen Kinde nahe zu sein, und das bewirkte, daß auch aus diesem und jenem Hause noch Trauergäste nachgehumpelt kamen.

Mit der Zukunft des Mädchens beschäftigte sich wohl auch das Märktlein, aber was dabei herauskam, lautete wenig tröstlich:

»Zu einer richtigen Dirn bleibt sie zeitlebens zu schwach.«

»Als ›Lockerin‹? Wo hätt' sie's lernen können, mit kleinen Kindern umzugehen? Sie hat nie Geschwister gehabt, und von ihrer Mutter, die beim Hochwasser umgekommen, weiß sie kaum etwas.«

»Ja, zu einem Ladenmädchen taugte sie am ehesten noch, aber beim Burgholzer, wo sie unterkommen könnte, ist die Frau so eifersüchtig, daß sie keinen Schritt aus dem Gewölb und von der Seite ihres Mannes tut.«

» *Die* eine Kellnerin? Lächerlich! Sie träumt in den hellen Tag hinein, und vom Schöntun versteht sie soviel wie nichts.«

So Resis Landsleute und Mitbürger. Wenn's zum Ernst kommt, sind eben Ausflüchte billig.

Es erregte daher nicht geringes Aufsehen, daß die Schloßfrauen die Verlassene als Stubenmädchen mit sich nahmen.

V.

Ein Brief und die Hochzeit.

Auf dem Schlosse sollte man sich nicht so bald wieder zusammenfinden.

Im ersten Sommer, da man sich vom Gartenstöckl aufmachen sollte, kränkelte die Mama; sie hatte keinen rechten Wandermut und wollte die gewohnte Häuslichkeit nicht missen. Da war es Ferdinand, der kam, allerdings nur auf etliche Stunden.

Im darauffolgenden Sommer sah man einander gar nicht. Ferdinand hatte zu den übrigen Geschäften ein neues bekommen, er mußte bauen. Eine Hube mit dem daranstoßenden Stadel war abgebrannt, und sie sollte geräumiger und widerstandsfähiger neu erstehen.

Die Frauen aber hatten ihre eigenen Gedanken, welche sie vom Schloßbesuche abhielten. Wie, fragten sie sich, sollen wir daselbst gleichsam mit Gefolge einziehen? Das sähe unbescheiden und eigenmächtig aus, zumal Mutter Grethi, die Schaffnerin, immer alles aufgeboten hat, die Gäste zufriedenzustellen. Und sollen wir die Resi mitnehmen, gleichsam um zu zeigen, was wir aus ihr gemacht haben? Das geht wieder nicht. Sie ist schön geworden, zu schön, als daß ihre Anwesenheit im Schlosse nicht Verlegenheiten bereiten und uns dem Verdachte aussetzen würde, daß wir mit ihr besondere Absichten vorhätten.

So die Frauen und das sprach sich andeutungsweise auch in den häufigen Briefen an Sohn und Bruder aus. Deren letzten von der Mutter hatte Ferdinand schon wiederholt gelesen, und gern vertiefte er sich neuerdings in die festen, klaren und doch so zierlichen Schriftzüge, die Liebe, Güte und Weisheit atmeten. Und ja, je mehr er zu Jahren kam, desto mehr verehrte er auch sein Mütterchen, desto inniger hing er an ihr. Er sieht durch ihr Leben und Wohlbefinden sich gleichsam noch ein Stück Jugend gesichert, und es fällt ihm das Dichterwort ein:

> Und hast du noch dein Mütterlein,
> So bist du jung noch, alter Knab';

Doch freilich holt an ihrem Grab
Uns doppelt rasch das Alter ein!

Der Brief aber lautet:

»Mein lieber Sohn! ... Wir werden sie freisprechen müssen, die
liebe Resi, so ungern wir's auch tun. Sie wächst uns übern Kopf und
damit will ich uns selbst nicht beschämen, sondern sie nur loben,
wie sie's verdient. Daß sie sich in unserer kleinen Wirtschaft aus-
kennt, ist noch das wenigste; was wir ihr an Handgriffen beige-
bracht haben, hat sie sich durch eigene Geschicklichkeit noch ver-
bessert und vereinfacht. Und daß es im Gärtchen, in unseren Zimmern jetzt noch gemütlicher und lieblicher aussieht, ist auch kein
Wunder; denn meine Augen werden alt und hängen am Gewohn-
ten, sie hat aber einen angeborenen Ordnungssinn und Geschmack.
Denk Dir, selbst mir hat sie schon das eine und andere Band aufge-
nötigt, und der Anna sitzt alles besser, seitdem die Resi schneidert.
Deine Schwester ist denn auch völlig vernarrt in das Mädchen; sagt
sie nicht neulich: Weißt Du, Mutter, wonach ich mich mein Lebetag
gesehnt habe? Jetzt habe ich sie: eine schöne Schwester! Die Arme!
warum sie so zu kurz gekommen, hat mir immer zu denken gege-
ben. Aber sie ist gut und neidlos, und das ist ihr eigenes Verdienst.

Doch mit der Resi bin ich noch lange nicht fertig. Ich glaube nun
auch ihr Gemüt zu verstehen: es ist tief kindlich, unschuldig und
aufrichtig; aber freilich hat sie ein Innenleben, in das man schwer
Einblick gewinnt, weil sie selber nicht weiß, wie's darum steht. Es
äußert sich mitunter in einem phantastischen Wesen, in einer Spiel-
lust, die mit ihren sonstigen geistigen Fortschritten nicht in Ein-
klang zu bringen ist. Ich will Dir nur einen Fall mitteilen. Vor kurzem kommt die Eierbäuerin und ich muß rasch zu ihr in die Küche,
von der Toilette weg. Hat das große Kind sich nicht, während ich
draußen bin, meiner Ohrgehänge bemächtigt? Ich fahre sie in meinem Unwillen an: »Du gehst aber auch auf alles, was glänzt, wie ein
Rab'!« Sie darauf: »Aber Frau Mutter, ich habe sie ja nur anprobie-
ren wollen, und sehen Sie, wie dumm und kindisch mein Gesicht
dazu steht!« Ich hätte lachen mögen, fahre aber doch wie gereizt
fort: »Mit fremden Sachen spielt man nicht!« Das klingt gewiß nicht
sehr gescheit. Mir hat hinterher meine Barschheit leid getan, denn
das Kind sah erstaunt und unglücklich darein. Aber so ist sie. Und

spaßig ist auch ihre Gewitterfurcht; sie will den Blitz sehen, aber den Donner nicht hören, und möchte sich am liebsten wie eine Henne verkriechen. Wenn sie auch sonst furchtsam wäre, wollt' ich nichts sagen, aber sie ist als Kind schon mit ihrem Vater und allein, nachts, übern Friedhof, durch den »Felbergrund« und alle anderen gespenstigen Gegenden gegangen, und ganz allein ja hat sie bei ihrem Vater die Totenwache gehalten.

Dankbar, treu, anhänglich und anspruchslos ist sie über die Maßen. Sie hat sich noch nichts Teures gekauft; daß sie gleichwohl im einfachsten Kleid wie eine verkannte Prinzessin aussieht, daran ist ihre feine, fremdartige Schönheit schuld, und solcher begegnet man häufiger in Bildern als im wirklichen Leben. Ihr Erspartes freut sie erst, seit ich's in Silber und Gold umgewechselt habe – ich krieg' zuweilen schönes Geld, wenn ich die Pension erhebe. Und sie hängt doch nicht am Geld; denn sie gibt gern, aber mit Maß und Ziel. Ihre aufmerksame, zarte Pflege ist mir im vorigen Sommer zustatten gekommen.

Ihr gutes Herz führt sie jedoch auch zu den kranken Kindern im Dorf, denen sie wie ein tröstender Engel erscheint. Sie hat uns bei den Leuten drunten schon förmlich ausgestochen, ohn' es zu wissen und zu wollen, und ich kann's ihr nicht verargen.

Wir lesen viel, und zwar jeden anderen Tag französisch. Meist ist Resi die Vorleserin, und das hat seinen guten Grund, wie Du einsiehst. Sie liest gern und mit Ausdruck! Gerade die feineren Stellen, über die der gewöhnliche Leser gern hinweggleitet, fallen ihr zumeist auf; und oft erstaunt man über ihre tiefe Auffassung. Ich hör' nicht gern von genialen Frauen und glaub' nicht daran; aber in diesem Wesen ist gewiß etwas Geniales.

Als Bonne könnt' ich die Resi mit gutem Gewissen schon empfehlen, auch als Gesellschafterin, nur zu keiner frivolen Weltdame; denn ihr Herz ist unschuldig, in meinen Augen ein Schmuck mehr, und wohl der schönste.

Ich hab' auch schon unter der Hand bei der guten Baronin A. und bei meiner Schulkameradin Eigner, mit der ich noch immer in Korrespondenz stehe, anfragen lassen; sie ist, wie Du weißt, eine reiche Fabrikantensgattin.

Hoffentlich bist Du mit meiner Auffassung einverstanden und hast Dich wohl selbst schon um ein taugliches Plätzchen für die Resi umgesehen. Auf das Schloß mit ihr können wir nicht gut, und so wird sie uns zu einer süßen Verlegenheit.

Wenn Dir die Schwester überschwenglicher schreibt, so zieh davon ab, was auf den Enthusiasmus einer alten Jungfrau entfällt, die noch ihre Ideale hat.

Heuer hab' ich Dich schwer entbehrt, und bedenk nur, daß meine Tage gezählt sind. Vielleicht kommst Du doch noch ab – auf ein Sprüngchen zu Deiner alten Mutter.«

So der Brief, von welchem der Verwalter jedes Wort schon auswendig wußte und so wie so erwogen hatte. Es war Allerseelen bereits vorüber. Kurz, trüb und frostig waren die Tage. Und doch saß eines Morgens der Verwalter im Sattel und trabte flinker dem fernen Gartenstöckl zu, als da er von demselben aus seinen Einzug ins Schloß gehalten.

Er trat unvermutet ein und traf die Seinen bereits beim Lampenlicht im gemütlichen Stübchen.

Sein Grüßgott weckte einen freudigen Doppelschrei.

Mutter und Schwester flogen ihm an den Hals, und erstere benetzte mit stillen, glücklichen Tränen seine Brust. »Also doch noch!« hieß es, und »Oh, es hat mir geahnt!«

Resi war aufgestanden und hielt sich bescheiden zurück, nur mit einem langen tiefen Blick, über die Köpfe der Frauen hinweg, auf den Ankömmling schauend.

Nun kann auch sie an die Reihe kommen. Sie naht dem Verwalter mit dem Ausrufe: »Mein Wohltäter!« und will ihm die Hand küssen.

»Nicht doch!« wehrte dieser. »Es freut mich, Fräulein Therese, Sie so wohl, so ... kräftig zu sehen; bald hätt' ich auch schon gesagt, doch das werden Sie noch oft genug zu hören bekommen. Unter guten Bekannten gibt's keine Schmeicheleien.«

Resi darauf: »Das möcht' ich gern glauben, wenn auch Sie mich, Herr Wagner, so halten, mit mir so reden wollten, wie Ihre gütigen Frauen.«

»Wie versteh' ich das?«

»Du sollst sie duzen,« erklärt Anna lebhaft, »tu's!«

»Mein'twegen!« ruft der stattliche Mann lachend aus; »es macht keinen Onkel unglücklich, wenn er zu einer hübschen Nichte kommt, und Resi, von dir sind Mutter und Schwester des Lobes voll!«

»Ich weiß nur, daß ich's Ihnen, Ihnen dreien zu danken habe, wenn aus mir was Rechtes wird.«

»Laßt die Förmlichkeiten! Setzt euch,« mahnte die Mutter. »Resi, gieß für uns alle Tee auf.«

Und nun ging's ans trauliche Plaudern und Erzählen. Auch Resi nahm teil daran, sobald sie mit zu Tische saß.

Fräulein Anna war die lebhafteste, aber auch unruhigste. Wiederholt warf sie Zündstoff ins Gespräch. Es war, als wollte sie 'was vorwärts bringen und als geläng' ihr das nicht recht. Wieder und wieder sah sie bald den Bruder, bald die Freundin an, doch nie vermochte sie deren Blicke auf heimlichen Pfaden zu betreten. Sie war unzufrieden, als man sich trennte; so schien es wenigstens.

Am anderen Morgen war der Verwalter früh auf, noch früher aber Resi, denn sie hatte schon Feuer gezündet und schaffte am Herde. Das konnte Ferdinand vermuten, und lieber, als einen Gang ins reizlose Freie zu unternehmen, trat er bei ihr ein.

»Guten Morgen, Resi!« Und er setzte sich, das Gesicht dem Mädchen und der Flamme zuwendend.

Die Angesprochene erschrak nicht, senkte den Blick nicht, ward nicht rot und zitterte nicht: lauter Anzeichen einer meist schon begehrlichen Jungfräulichkeit. Unbefangen erwiderte sie: »So zeitlich auf den Beinen, Herr Wagner? Das Flämmchen hier muß uns die Sonne ersetzen. Sie haben doch gut geschlafen?«

»Nicht zum besten!«

»Der scharfe Ritt! Sie waren übermüdet.«

»Das nicht. Das letzte Mal kam ich, wie du weißt, im heißen Sommer hierher und mußte eiligst wieder zurück; gleichwohl schlief ich die wenigen Stunden dazwischen königlich.«

»Sie dachten diesmal wohl zu viel ans Schloß zurück?«

»Auch das trifft nicht zu. Und ja, wozu wär' ich dein Bruder oder Onkel, wie's gestern ausgemacht worden ist, wenn ich nicht ehrlich und offen mit dir reden wollte? Mädchen, deine Zukunft ist's, was mich beunruhigt hat!«

»Sie meinen es gut mit mir, und ich weiß, was Sie sagen wollen. Meine glücklichste Zeit ist um, ich muß fort! Aber ich bin nicht verzagt, wenn ich auch harten Pflichten und schweren Zeiten entgegensehe.« »Du weißt nicht, Kind, was es heißt: schön sein und arm.«

»Mein Vater ist arm geworden und hat sich doch ehrlich durchgedacht.«

»Aber deine Schönheit ist ungewöhnlicher, ist verhängnisvoller Art ...«

»Zigeunerschönheit, Herr Ferdinand! Sie gefällt nur wenigen und ist von keiner Dauer. Das erste weiße Haar, die erste Falte im Gesicht, sie sollen mir willkommen sein.«

»Unselige Verkennung! Im Gegenteil, du wirst auf Schritt und Tritt dir selbst und anderen mißtrauen müssen.«

»Das wird allerdings schwer halten,« antwortete Resi mit einem feinen Lächeln. »Ich möchte von den Menschen gern gut denken, da mir ja so viel Gutes erwiesen worden.«

»Und wirst dabei ins Verderben stürzen, wie die Motte ins trügerische Licht, zur stillen Verzweiflung deiner redlichen Freunde.«

»Gibt's denn auch Licht, das trügt?«

»Das törichte Kind, das in die Sonne schaut, wird blind, heißt's. Doch du wirst noch einen anderen Feind kennen lernen. Du wirst allein stehen, dich vereinsamt fühlen und möchtest doch so gern einem andern 'was sein, um deines eigenen Wertes inne zu werden. Ich kenne das, Resi, und habe doch noch Mutter und Schwester.«

Bei diesen Worten stürzten dem Mädchen helle Tränen aus den Augen, und schluchzend sagte sie: »Da haben Sie recht, Herr Wagner! Das schmerzt! Das ist das einzige, was ich fürchte. Seit mein Vater tot ist, möcht' ich wieder jemand angehören, so recht angehören. Ich wollte die alte Urschl pflegen, wenn sie's nur fühlen könnte, daß ich ihr gut bin!«

»Armes Kind! So schlimm steht's aber denn doch nicht. Du sollst steigen, nicht wieder herabsinken. Wenn du schon so wenig hochaus willst, hättest du denn nicht Vertrauen zu mir?«

»O, wie ganz! Raten Sie mir, ich will Ihnen gehorchen; über Tritt und Schritt, über jeden Gedanken will ich Ihnen Rechenschaft geben.«

»Und wenn dieser dem Freund dir nicht bloß gelegentlicher Berater und Schützer, sondern dein Mann, dein Gatte sein wollte?«

»Wär' denn auch das möglich für die arme Nachtwächter-Resi?«

»Nimm mich hin! Es ist uns beiden geholfen damit, und ich will dich hoch halten.«

Ungestüm hatte er sich erhoben.

»Nicht doch! Du sollst mein Herr sein, Ferdinand!«

In diesem Augenblick zischt es aus dem Herd bedenklich auf; da war eine Hand nötig, die nicht zitterte; denn das Obers drohte überzulaufen.

Als man sich zusammengefunden, sagte Ferdinand schlicht: »Schwester, gratulier uns! Mutter, gib uns deinen Segen! Ich und die Resi sind eins.«

»Also doch!« jubelte Anna. »Und jetzt hab' ich meine schöne Schwester für immer!«

»Ja, Schwester! Aber nicht wie Blitz auf Blitz ist es gekommen, sondern Nachtwachen und Tränen hat's gekostet.«

Resi, diesmal wirklich errötend, sagte: »Verzeiht, daß ich nimmer von euch lassen kann, daß ich mich nun völlig eindränge.«

Die Mutter: »An mein Herz, Kinder! Meinem Mutterherzen wird es leicht, euren Bund zu segnen. Werdet glücklich eins durchs andere: du, mein braver Ferdinand, und Resi, du, die du nun vielen Gefahren enthoben bist und deren treues Gemüt ich kenne ...«

»Spart die Rührung und laben wir uns,« mahnte Ferdinand. »Tischüber müssen wir einig werden, und rasch zu handeln gilt's.

Ich breche allsogleich auf und besorge das einmal für dreimal für hier und dort, sowie die zwei Zeugen. Am Vorabend von St. Leopold treff ich wieder ein und steige beim Hirschenwirt ab. Morgens danach findet die stille Trauung statt, und am Abend desselben Tages noch zieht Resi als Kastellanin ein. Alles übrige ist eure Sache.«

Und so geschah's auch.

Als Markt und Schloß der Neuvermählten ansichtig wurden, hieß es: »Das haben wir uns ja schon gedacht, als er die Resi seinen Leuten zur Ausbildung mitgab.«

VI.

Schloß und Sensenhammer.

Resi war nie tiefer ins Schloß gekommen, als nur in die »Moarstuben« und in die Küche, wo Frau Grethi rührig war, die dem eigenartigen Kinde gern Haare und Wangen streichelte oder was Gutes zusteckte.

Jetzt an der Seite ihres Gatten konnte sie alle Gemächer musternd durchschreiten, sich wie eine Herrin darin umsehen. Das war für sie ein schönes Traumwandeln, ein Hochgefühl, das sie berauschte, ein neugieriger Hang, dem sie sich mit Spannung, mit wohligem Bangen hingab. Eines Morgens sagte Ferdinand zu ihr: »Komm mit in die Schloßkapelle; ich habe noch ein Viertelstündchen frei.« Danach langte er einen kleinen Bund Schlüssel hervor und schloß selber auf. Die Kapelle war geräumig, ein zierlicher hochstrebender Bau, aber alles darin war mehr oder minder beschädigt, verstaubt, verblichen, von Spinnenweben umsponnen!

»Du, da riecht man förmlich die Vernachlässigung,« sagte Frau Therese; »sie wirkt wie Stickluft.«

»Und es wird ab und zu doch noch hier Messe gelesen. Vorzeiten ist ein eigener Schloßkaplan angestellt gewesen. Du kannst hier reinigen, ausbessern und schmücken nach Herzenslust; es ist ein gefundenes Feld für dich, und es darf auch etwas kosten.«

»Das will ich auch nicht so lassen; das muß anders werden, Ferdinand!

Und was ist denn das für ein Eingang mit dem vergoldeten Gittertor?« fragte sie neugierig.

»Dahinunter geht's in die Gruft.«

»In die Gruft! Und bist du schon drunten gewesen?«

»Versteht sich; die Särge sind ja als Inventarstücke verzeichnet.«

»Und ist's recht finster drunten?«

»Es ist das unten auch eine Art Kapelle, nur niedriger. Die Särge stehn in Reih und Glied auf steinernem Boden, kleine von früh verstorbenen Komtessen und große – alle noch von der früheren Herrschaft. Es geht viel dummes Gerede um; unermeßliche Schätze sollen drunten liegen. Ein Schatzgräber hat auch einmal von außen einzudringen gesucht, aber das Gemäuer ist stark. Kurz vor meiner Ankunft hat ein Gauner von *hier* aus, wahrscheinlich bei einer Stiftmesse, sich eingeschlichen, die Gittertüre und das untere Pförtlein aufgesprengt. Die Särge vermochte er ohne Schlüssel doch nicht zu öffnen. Wohl aber hat er ein paar Sargfüße und den kleinen Engel von einem Sargdeckel gestohlen, wahrscheinlich in der Meinung, daß alles eitel Silber sei.«

Resi hatte mehr und mehr aufgehorcht. Sie konnte den Blick nicht vom Gitter wenden, und der war so gespannt, als wollte er das hinunterlockende Dunkel durchspähen. Sie war in einer Aufregung, daß sie zitterte. War es Grauen, war es Lüsternheit nach dem unbekannten Düster?

Die Hauskapelle aber blieb nicht länger dem Schmutze anheimgegeben, denn die schöne Kastellanin hielt Wort.

Um St. Peter und Paul schon, da dem Schloßgesinde stiftungsgemäß eine Frühmesse gelesen wurde, durfte sich das Kirchlein sehen lassen, und der Kaplan, den man zum Frühstück gezogen, sagte mit einem erkenntlichen Blick auf die Hausfrau:

»Man sieht, daß sich eine geschickte Hand unserer armen Kapelle angenommen hat, und der Schmuck seines Hauses ist Gott wohlgefällig.«

Begreiflicherweise langte Frau Therese oft in das Wandkästchen nach den Schlüsseln zur Kapelle.

Einmal, es war am Vorabend des Patronatsfestes, hatte sie am Altar alles bestens in Ordnung gebracht und auch, um zu sehen, ob alles farbig stimme, eine kleine Beleuchtungsprobe vorgenommen. Noch hatte sie die Blumen in ihrem Körbchen nicht völlig aufgebraucht.

Wie zufällig blickte sie zum glitzernden Gruftgitter hinüber, und einen absonderlichen Schlüssel in ihrer Hand betrachtend, dachte sie sich: Du mußt aufschließen.

Das Pförtlein wich auch nur zu willfährig, und ohne daß sie recht wußte, was sie wollte, ihrem dunklen Drange gehorchend, stieg Resi die dunklen Stufen hinab. Nein, sie kehrt zurück.

Aber nur, um vom Altar einen aufgezündeten Leuchter zu nehmen und wieder in die Tiefe niederzusteigen.

Auch das zweite Türlein öffnete sich, und die Traumwandlerin betritt vorleuchtend die vielberufene gräfliche Gruft.

Furcht kannte sie nicht, oder vielmehr, wo auch nur ein schwaches Lichtlein brannte, fühlte sie sich sicher.

»Da liegen sie, die drüben im Ahnensaal noch so stolz und herrisch blicken; wie eng beieinander, und jedes noch enger in sein Trühlein gesperrt! Und man öffnet ihnen nie den schweren Deckel, nie soll sie ein frischer Lufthauch, nie ein Lichtstrahl grüßen. Das ist grausam!

Richtig, wie Silber schimmern die Särge, und da fehlt in der Tat die Greifenklaue, dort die Löwenpfote. Und da wohl war als Wappenhalter der bausbackige Engel, den der Einschleicher mit gestohlen. Wie er nur hereinkommen konnte ohne Schlüssel? Gut, daß ich daran denke: ich darf nicht vergessen, gut zuzusperren.

Und hier im schmälsten und kürzesten Särglein die kleine Prinzessin! Vielleicht eine Brust voll Hochsinn und Hoffnung! Mein Gott, wie gern wär' ich jung gestorben, und daß du mir so viel edle Fürsorge, so viel Glück hast zuteil werden lassen, wie kann ich dir je genug dafür danken?

Arme Komtesse, man hat an deiner kleinen Behausung gerüttelt, sie hängt hier über. Man hat deine Ruhe stören, deine zarten Gebeine durchwühlen wollen – wart', ich bringe dir frische Blumen, und es ist wohl niemand so vornehm, daß er Blumen verachten könnte.« Und Resi stieg eilends nach dem vergessenen Körbchen in die Kapelle empor.

Als sie wieder in der Tiefe war, bekränzte sie den kleinen Sarg.

Plötzlich innehaltend aber sagte sie halblaut: »Nein, liebes Prinzeßlein, ich gebe sie dir ins Bettlein. Gewiß der kleinste Schlüssel paßt zu deinem Gefängnis?«

Der schloß auch auf, und als der Deckel gehoben war, lagen in der Truhe die halbentblößten jungfräulichen Gliedmaßen durcheinandergeworfen, ein Greuel, davor die Gruftgängerin rasch ihre Augen verdeckte.

Aber die Verwirrung dauerte nicht lange.

»Ich will deine Zofe sein, arme kleine Gräfin! Will dich neu betten und bekleiden mit diesem verblichenen, zundermürben Zeug, das einst wohl recht kostbar gewesen.«

Das tat Resi denn auch, und um den eng zusammengerückten Menschenstaub ordnet sie die duftenden Rosen zu einem Kranze.

Schon wollte sie den Deckel schließen, als ihr ein schweres Klümpchen in die Hand fiel.

Sie säuberte es etwas, und es glänzte.

»Gewiß dein Schmuck, Jungverblichene, Längstvergessene! Sei getrost, ich will ihn dir schöner wiederbringen. Also auf trauliches Wiedersehen!«

Und Resi verließ die Gruft, sperrte dieselbe sorgsam ab, stellte den Leuchter auf den Altar zurück, löschte ihn aus, verließ verschließend auch die Kapelle und sah sich außen verwundert um, als wäre sie ihrer eigenen Welt entnommen und träte in eine fremde.

Ebensowenig wie in die Herrlichkeiten des Schlosses hatte Resi als Kind ins Innere eines Sensenhammers Einblick gewonnen. Sie hatte immer nur durchs grobe Ziegelgitter gespäht, welches die Fensteröffnungen solch einer Schmiede füllte. Und doch zog sie das glühende, sprühende Eisen mächtig an. Es war ihr, als verstünde sie, was die zornig zischenden Funken wollten und als wären die schnell sich verfärbenden und ablösenden Schlacken der Schweiß des gequälten Metalls.

Ferdinand nahm sie daher gern mit hinaus zu den Sensenhämmern, und er setzte die zum Zweck der Abrechnung mit dem Verweser übliche Fahrt diesmal etwas früher an, weil man zugleich die Verwesersfrau begrüßen und bei ihr den Kaffee nehmen wollte.

Der Wagen näherte sich eben dem ersten Hammer, als fluchend ein Kohlenführer, leer zurückfahrend, daherkam.

»Schinder sind die Herrenleut', und die Herrenknecht' erst recht. Einen armen Teufel kujonieren, wie und wo sie's nur können, das ist ihre Freud'. Soll ich mein Rößl zu Tode dreschen, soll ein Fuhrmann kein Wirtshaus mehr kennen? Als ob heut' schon die Glut ausging', als ob sie morgen nichts mehr zu feuern hätten, so treiben sie's. Und Straf' zahlen heißt's, immer Straf' zahlen, weil ich grad' am weitesten her hab' – eine Hundewirtschaft ist's!«

»Was habt Ihr denn, Jörgbauer?« fragte der Verwalter, anhaltend, verwundert.

»Na, Sie werden doch wissen, was Sie selber neu eingeführt haben? Um zwei Uhr muß abgeladen sein, sonst 30 Kreuzer Straf bei der Fuhr' – eine schöne Mausfalle das!«

Ferdinand glaubte einen Betrunkenen zu hören. »Und habt Ihr schon oft zahlen müssen? Habt Ihr eine Bestätigung darüber erhalten.«

»Ja, Zetteln zum Schweinefüttern g'nug!« Und er zog aus der roten Brieftasche einen Lieferungsschein, dem die Bemerkung beigeschrieben stand, daß sich der Jörgbauer bei verspätetem Eintreffen zu einer Konventionalstrafe von 30 Kreuzern per Fuhre verstehe.

Der Verwalter traute seinen Augen kaum. Und das war die Schrift Mayers, der sich auf diese Weise, Namen und Ansehen des Amtes mißbrauchend, neue Nebensporteln sichern wollte.

Ferdinand mußte sich zusammennehmen, um ruhig zu erscheinen und dem Geprellten gleichmütig die Versicherung zu geben, daß er die Sache untersuchen und Abhilfe schaffen wolle.

Am nächsten Morgen jagte der Verwalter den schuftigen Schreiber aus dem Dienst. Kein heuchlerischer Kniefall frommte dagegen, und diese Festigkeit war am Platze; aber daß der Gestrenge den Betrüger aus Schonung für dessen Jugend, den rückfälligen Betrüger nicht auch dem Gericht überlieferte, das war nicht wohlgetan.

Derlei Verdrießlichkeiten waren vom Amte unzertrennlich.

Resi wurde ihrer wenigstens gewahr. Wo dies aber der Fall war, sah sie ihren Mann gerecht und fest vorgehen, und das steigerte ihre Verehrung für ihn nicht wenig.

Als die Jagdzeit kam, traf der Graf ein. Ferdinand und Resi begrüßten ihn am Wagenschlag, und letztere schickte sich auf das anmutigste an, ihm beim Aussteigen behilflich zu sein.

Dem wehrte die rührige Exzellenz, aber sie blickte bewundernd das schöne Frauenbild an.

»Frau Kastellanin,« sagte der Graf, »wenn ich heuer die Gemsjagd hier versitze, so sind Sie daran schuld. Sie sind für meine alten Augen ein Trost. Ein Labsal. Gott erhalte Sie, und Ihnen gratulier' ich, Wagner! Wenn ich jung wäre, Sie sollten einen harten Stand – gehabt haben.«

VII.

Die Brosche.

Ferdinand und Resi lebten als Ehegatten still und glücklich. Nach anderthalb Jahren hatte sich ein Knäblein eingestellt – es war ein Maikind. Natürlich waren Schwiegermutter und Schwägerin herbeigeeilt; ein kleiner, schreiender Weltbürger bedarf ja vieler sorgsamer Hände. Mutter und Sohn bemerkten mit heimlicher Genugtuung, daß das Kind nach ihnen geartet sei. Ferdinand konnte dessen auch kein Hehl behalten, sondern bemerkte lächelnd, zur geduldigen Wöchnerin gewendet: »Resi, schau, seine Resi, wo dachtest du hin? Du hast mir keinen Prinzen, sondern ein gewöhnliches Wagnerkind beschert.«

»Das ist's eben, was mich freut,« entgegnete errötend die junge Mutter; »ich wollte ganz in dir aufgehen und nichts von deinem Wesen dir abtrünnig machen.«

Das rührte den Mann, und so war ihr ganzes Wesen treue, selbstlose Hingebung!

Und über noch etwas sprach sich Ferdinand, zwar nicht zu seiner Frau, die es möglicherweise hätte kränken können, wohl, aber zur Mutter und Schwester befriedigt aus.

»Ihr werdet sehen,« sagte er, »Resi ist nunmehr von ihrem träumerischen Hang, von ihrem phantastischen Gebaren befreit. Ein liebes Kind schafft gesunde Sorgen herbei und lenkt die Gedanken auf greifbare Dinge. Nicht daß ich mir meine Frau fortan weniger hold, weniger feinsinnig dächte, aber ihr versteht mich. Es war mir oft, als sei sie nicht recht irdischer Natur oder als sei sie nicht immer gut bei Troste. Das, hoff' ich, wird sich jetzt geben.«

Doch Ferdinand irrte in diesem Punkte. Eine zwar gebildete, gemütvolle, aber doch wesentlich praktische und dem Praktischen berufsmäßig zugewandte Natur, verkannte er Resis eigentliches, tieferes Wesen, ihren geheimsten Zug.

Ferdinand irrte, indem er an eine Umwandlung Resis, deren ihre Natur nicht fähig war, glaubte; er irrte und wurde dadurch sicher und sorglos ihren dunklen und doch so lichtbedürftigen Neigungen gegenüber, je länger, desto mehr.

Frau Resi hat den Verkehr mit der stillen Gruft nicht aufgegeben. Sie kennt bereits alle weiblichen Insassen derselben und hat mit ihren Schatten, ihrem Staube Rücksprache gehalten. Sie hat ihnen Licht und Luft zugeführt, hat sie von neuem schön und würdig gebettet, hat sie mit duftenden Blumen umgeben; bekränzt sie doch das Grab ihres armen Vaters auch unten im Markt, Jahr für Jahr.

Sie kennt die Hinterlassenschaft der Frauen an Schmuck und Geschmeide – es ist nicht viel, aber es sind herrliche Stücke darunter. Diese zu reinigen, ihnen Glanz und Feuer zurückzugeben, ist ihr eine liebe Arbeit.

Vorläufig ordnet sie die Sächelchen in eine kleine Schachtel, versteht sich, jedes Stück mit dem Namen der stummen Eignerin und stellt diese Schachtel ins Wandkästchen zu den Schlüsseln ihres Mannes – nicht ein einziges Mal hat er noch nachgesehen, was an Kostbarkeiten das Schächtelchen berge; der Vielbeschäftigte hat für ihr Spiel kein Interesse.

Die Männer-, die Grafensärge sind uneröffnet geblieben; diese hat Resi nur ab und zu außen bekränzt. Eines Abends sagte Ferdinand zu seiner Frau: »Ich soll morgen zur Hochzeit von Pambichlers Tochter, die ins Unterland zieht. Er ist unser schwerster Pächter, und ich hab' es dem »Bittlmann« so gut wie zugesagt. Getafelt wird beim Brückenwirt draußen, fast alle Bauernhochzeiten fallen ihm zu. Es ist zwar morgen ein halber Feiertag, ich möcht' aber für mich einen ganzen Werktag draus machen; ich habe Dringendes abzutun. Eins von uns beiden muß aber hin, wir sind es schon unserer Herrschaft schuldig. Mach's also du mit; tu mir den Gefallen. Es ist auch gut, daß du wieder einmal unter die Leute kommst. Du mußt dich aber auf langes Sitzen und viel Protziges Wesen gefaßt machen. Ich werde dem Sepp schon sagen, daß er einspann' und heimfahre, eh' der Tanzboden zu stauben anfängt. Es ist, wie gesagt, unserer Herrschaft wegen.«

Eine gute Frau gehorcht, und wo sie ihren Mann und gar auch die Herrschaft zu vertreten hat, überlegt sie ihr Auftreten. Den reichen Bäuerinnen und Pächtersfrauen konnte und wollte sie's nicht zuvortun. Sie hatte wenig Schmuck, und Plumpen schon gar nicht. Erschien sie aber in auffälliger Einfachheit, so konnte ihr das als die Festlichkeit kränkend mißdeutet werden. Am liebsten hätte sie etwas bescheiden Herrschaftliches an sich gehabt; kam sie doch auch mit herrschaftlichen Pferden angefahren. Und wie, wenn sie die Mantelschließe der kleinen Komtesse aus der Gruft als Brosche nähme? Das Zierplättchen stände ihr vielleicht zu Gesicht, fiele nicht sonderlich ins Auge und wäre hinwieder doch etwas anderes, als was die übermütigen Weiber an Gold, Silber und Perlen zur Schau tragen.

Es war nicht Zeit mehr, viel zu überlegen. »Das liebe Komteßlein verzeiht mir's schon! Sie muß schön gewesen sein in diesem Schmucke. Aber nicht auch die Ohrgehänge, das wäre des Guten zu viel, und ich will nicht großtun mit fremdem Eigentum! Ein kleines Abzeichen genügt« – und sie entnahm nur die Mantelschließe dem bekannten Schächtelchen.

Aufgetragen wurde nach der Trauung beim Brückenwirt natürlich, daß sich die lange Tafel bog. Bei solcher Gelegenheit greift man zu und stellt seinen Mann. Frau Therese wußte es und genügte doch kaum halbwegs ihrer Aufgabe. Man hat ihr einen Ehrenplatz eingeräumt, schon der Herrschaft wegen. Wer sie neidlos ansah, wie einige harmlose Dirnlein und Bursche der Gesellschaft, der konnte den Blick kaum von ihr wenden.

Es traten in der Massenvertilgungsarbeit Pausen, sinnige Sammlungsfristen ein. Eine derselben benutzte der Hausierer, welcher diesmal bessere Sachen eingelegt hatte, um bei den behaglichen Hochzeitsgästen Lädchen für Lädchen seinen Kram herumzureichen. – Kaum eingetreten, bemerkte er die Schloßfrau, wie konnte es auch anders sein? Er trat von den Brautleuten weg und nahe zu ihr, und begrüßte sie mit den Worten: »Darf ich auch heute auf eine gnädige Nothelferin rechnen?«

Frau Resi darauf: »Ich bin hier Gast, und selber benötige ich nichts.«

Einen Blick auf die Brosche der schönen Frau werfend, fuhr der Händler aber fort: »Es ließe sich vielleicht doch ein kleines Geschäftchen machen?«

»Wie meint Ihr das?« »Sie tragen da eine schöne Arbeit, gnädige Frau! Derlei wird nicht mehr gemacht; es ist ein Altertum.«

»Spielt Ihr Euch auch als Kenner aus?«

»Wahrscheinlich ein altes Erbstück und von der Frau Schwiegermutter?« meinte der Zudringliche.

Die Frau Verwalterin nach kurzem Besinnen: »Ei, wie neugierig! Sagt denn Ihr uns, wo Ihr billig einkauft?«

»Da hat die Gnädige auch wieder recht!«

Der Widerliche lächelte und zog unter Bücklingen weiter.

Das kleine Zwiegespräch war nicht unbemerkt geblieben.

Frau Resi fühlte sich unbehaglich. Sie war dem Hausierer keine Antwort schuldig, aber seine Frage hatte sie in Verlegenheit gesetzt, und ohne Gefahr, mißverstanden und übel gedeutet zu werden, konnte sie in der Tat nicht bekennen, woher sie die Brosche hatte.

Das kleine Schaustück war nun plötzlich eine Merkwürdigkeit, die alle Blicke auf sich lenkte; die nächsten Nachbarinnen wollten es sogar schärfer ins Auge fassen, und ihnen hätte die Verwalterin doch sagen können, wieso sie zu demselben gekommen!

Die Verwalterin aber war froh, daß der Schmaus zu Ende ging und daß Sepp zur Heimfahrt mahnte.

Doch im Hochzeitssaale besprach man jetzt erst recht das kleine Schmuckstück und dessen mögliche Herkunft.

»Es ist ja so viel nicht dran...«

»Aber ein Altertum! Und warum hat sie's denn nicht gesagt, woher sie's hat?«

»Das wird schon seine Gründe haben. Von der Schwiegermutter kann's nicht sein; mein Gott, eine Syndikuswitwe hat doch nichts Übriges?«

»Und was gibt's denn da viel herumzuraten? Im Schloß liegt ein Schatz, und wer ihn findet, greift zu.«

»Das müßt' in der Gruft sein. Ich möcht' nicht hinuntersteigen und den Toten was wegnehmen.«

»Die ist ja immer so seltsam gewesen; die kennt das Grausen nicht; der könnt' man auch so was zutrauen.«

»Er hätt' sich auch eine andere aussuchen können. Das bißchen Schönheit? Schön ist mitunter eine Hexe auch.«

»Und sozusagen von der Straße weg hat er sie genommen.«

»Was geht's uns an, wenn sie die Schand' über ihn bringt? Eine Gruftgängerin, eine Leichenschänderin – ist denn bei uns so etwas schon dagewesen?«

»Da ist mir doch noch ein Schatzgräber, ein ordentlicher Einbrecher lieber. Der riskiert doch was! ...«

So wurde hin und her geflüstert, gesprochen, gerufen, und die protzigen Leute waren zu einer Unterhaltung gekommen, sie wußten nicht wie.

Auf dem Heimweg kamen viele am Wegeinräumerhäuschen vorüber, und dieses beherbergte seit kurzem einen Menschen, der sich etwas Besseres dünkte und sich beliebt zu machen suchte. Es ist ein Halbstudierter, es ist der davongejagte Schreiber Mayer.

So tief war er also herabgekommen!

Das gräfliche Brot konnte er aber nicht vergessen; er, der Schleicher, der mehrfache Betrüger, fühlte sich natürlich unschuldig, und daß ihm der Verwalter aufsässig, lag klar zutage!

Aber es soll ihm eingetränkt werden, diesem Hochmütigen! Er wird, er muß doch auch eine Seite haben, wo man ihm »ankommen« kann.

Und so ist's grad' gut, daß man sein Häuschen knapp am Weg, daß man auf der Straße zu tun hat. Es kommt da allerlei Volk vorüber und man erfährt doch, was im Schloß vorgeht.

Und heute hat er ja die schöne Verwalterin vorüberfahren sehen! Die ist so gewiß eine Scheinheilige, als der neue Einräumer ein ehrlicher Kerl! Und *der* was anzutun, müßte eine helle Freude sein; denn hätte er nicht auch sein Glück machen können, wie dieses Bettelkind?

Begreiflich, daß sich das rachebrütende fahle Männlein die ange-heiterten Hochzeitsgäste förmlich abfing, um inne zu werden, was bei der Tafel und auf dem Tanzboden vorgefallen.

VIII.

Gericht und Gewitter.

Als der Bezirksrichter am andern Tag seine Kanzlei betrat, wurde ihm vom Diener eine eben eingelangte Schrift überreicht.

Das war eine Denunziation, die den Leser mehr und mehr in Erstaunen, Ärger und Bestürzung versetzte.

Er schickte nach dem Gendarmerieführer, und der war schon auf dem halben Wege zu ihm und trat sichtlich besorgt ein.

»Ich weiß, um was es sich handelt,« sagte er; »der ganze Ort schon ist voll davon, und man hört das unsinnigste Gerede. Immer von neuem züngelt der alte Brand auf: es ist Zeit, ihn gründlich auszutreten.«

»Da lesen Sie die Anzeige, Freund, und fragen Sie sich, ob nicht der Kerl vor allem andern festzunehmen sei. Er verrät die genaueste Lokalkenntnis, macht aus seinem Rachedurst kein Hehl, ist längst berüchtigt, und da der vor etlichen Jahren erfolgte Einbruch noch immer unaufgeklärt ist, erscheint der Fall nicht ausgeschlossen, daß der Schuft im vermeinten Sicherheitsgefühl, im schadenfrohen Übereifer uns selbst in die Falle läuft.«

Der Führer darauf, nachdem er das Papier durchgesehen: »Ihn dingfest zu machen, ist gewiß gerechtfertigt. Er stachelt uns das Volk sonst noch zu toller Wut auf. Eine garstige Kröte das! Aber die beiden Glücklichen dauern mich; weiß Gott, das wird mein sauerster Gang werden.«

»Und bleibt uns etwas anderes übrig, als die Freunde zu überfallen?« sagte der Richter. »Wir müssen recht eigentlich zwischen sie treten, ehe noch das schreckliche Gerücht ihnen zu Gehör kommt; wessen wär' er nicht fähig, gespornt vom verletzten Ehrgefühl? Die Denunziation ist klar, ist unterschrieben und bietet Anhaltspunkte genug; ihre Wirkung macht sich nur zu sehr schon fühlbar: wir müssen einschreiten, blutet uns auch das Herz dabei.«

Und was die beiden Männer, die Recht und Ordnung zu wahren hatten, beschlossen, trat zum Teile in der nächsten Stunde schon zutage, indem der Wegeinräumer eingebracht wurde.

Der hatte sich einen anderen Triumph erwartet und schritt gedrückt einher.

Es war ein schwüler Sommertag. Die schöne Frau im Schlosse hatte unruhig geschlafen und wachte in Gedanken auf, die für sie etwas Beschämendes, Peinigendes hatten.

Sobald der Mann draußen bei der Arbeit war, legte sie die unselige Brosche zu den übrigen Kleinodien der längst verblichenen kleinen Komtesse, mit dem Vorsatz, heute noch den ganzen Inhalt des Schächtelchens der Gruft zurückzuerstatten.

Das heiterte sie aber noch keineswegs auf. Wie draußen die Luft niederwuchtete, so lag es schwer auf ihrer Seele. Sie machte sich Vorwürfe, nannte sich eitel, dumm und konnte doch keinen Namen finden für das, was sie angestellt.

Es wäre ihr schon eine Erleichterung gewesen, dem Manne sagen zu können, was sie eigentlich mit der Brosche gewollt. Er hatte gestern nur wenig nach dem Verlauf der Hochzeit und mit keinem Worte danach gefragt, wie sie ausgesehen, was sie angehabt, wie ihr die Frauen und sie ihnen gefallen. Wird er sie auslachen, wird er auffahren und brummen? Sie wußt' es nicht, und mit Kindischem, Nichtigem wollte sie ihm nicht kommen.

Der Druck, das Bangen wich nicht. Sie plauderte mit ihrem Kleinen und versuchte, sich in dessen mögliche Zukunft zu vertiefen. Und der Knabe fragte: »Mama, wo hast du denn das schöne Ding?« Er deutete auf den Platz der fehlenden Brosche, und das gab ihr einen Stich ins Herz.

Wieder, wie gehetzt, schritt sie ratlos auf und nieder.

Sie geht ans Fenster und sieht draußen eine finster dräuende Wetterwolke aufgebaut, und sommerliche Mittagsgewitter gebaren wütig.

Und Ferdinand ist nicht da ... Ach, daß sie ein Mann wäre und allen Schrecken Trotz bieten könnte!

Und das alles wegen der armseligen Brosche! Was denn nur der dumme Hausierer an ihr finden konnte? Und ja, ja, sie konnte und durfte nicht sagen, woher sie sie hatte. Pfui, daß man so etwas tun kann, das einen in Verlegenheit versetzt und hinterher mit Verdruß und Ekel erfüllt!

Das ist's! Herrschaftlich hatte sie erscheinen wollen, sie, die Nachtwächter-Resi. Vater, was wirst du von mir denken? »Und du bist wie ein Rab' auf alles, was glänzt,« hat die gute Frau Wagner gesagt!

»Wenn nur Ferdinand da wäre! Er ist so ruhig, so besonnen. Und wenn er mich nur recht ausschelten wollte: das täte mir gut, dann würde mir wieder leicht.«

Nun brach's draußen los, daß die Wipfel sausten und die Äste krachten. Der Knabe fuhr entsetzt vom Fenster zurück, die Mutter erschrak, daß der zarte Leib zitterte.

Und niemand da! Und sie kann nicht hinaus zu ihm! »Heiliger Gott, bin ich denn so – schlecht!«

Und nun fängt der schreckliche Donner an, niederschmetternd und langhin grollend, über ihr Haupt hin, daß der Boden schwankt und die Fenster klirren.

Blitz auf Blitz! »Wenn's nur schon aus wär'! Von solch lichter Schlange ein Biß täte wohl ...«

Finster ward's, der Regen peitschte nieder, und wieder blickte sie aus nach den fahrenden Lichtern.

Und Gott im Himmel! was ist das? Es blitzt auch zwischen den dunklen Bäumen vom Tal auf.

»Gendarmen! Sie kommen zu uns; das gilt *mir*, sie holen *mich*!«

»O, diese Schande!«

»Ferdinand, Ferdinand, komm und rette deine Frau! Ich hab' ja nichts Schlechtes getan ... züchtige mich wie ein ungeratenes Kind! Aber komm!«

»Und hast du denn kein Erbarmen für mich, himmlischer Blitz?«

Und jetzt schlich sie ans Fenster, als fürchte sie trotz der Sturmes-nacht gesehen zu werden.

»Nein, nein! Sie können ja auch nach St. Wolfgang hinauf; wie oft hab' ich sie dort schon vorübergehen sehen! Und hab' mir nichts dabei gedacht, und heut' machen mich die Gedanken noch verrückt!«

»Ach Gott, das, das, das ist der Weg zu uns! Nein, ich will nicht in die Keuchen, und ich will nicht zu dem garstigen Mann in die Keuchen ... lieber sterben!«

»Fluch mir nicht, wenn du groß bist, liebes Kind! Vergiß meine Küsse, meinen – letzten Kuß!«

»Ferdinand, Ferdinand! ach, du kommst zu spät!«

Ein Jammerschrei aus Kindesmund!

Dann ward's plötzlich still in den Zimmern der Frau Verwalterin.

Die beiden Gendarmen traten wirklich ins Schloß; man konnte glauben, daß sie des Unwetters wegen Unterstand suchten; der eine war der Führer selbst und dem Verwalter persönlich befreundet. Er erkundigte sich daher auch gleich nach diesem.

»Er ist noch nicht zurück, wird aber zum Mittagmahl erwartet,« hieß es.

»Und was macht die Frau?«

»Bitte einzutreten,« sagte das Mädchen; »ich will sie rufen.«

Es traten aber beide ein, und das Mädchen kam zurück, als hätt' es den – Tod erblickt.

Es konnte nur gegen die Tür weisen, nicht reden, sondern rang die Hände, davoneilend und in ein krampfhaftes Schluchzen ausbrechend.

Das befremdete die beiden Männer, und der Anblick, der sich ihnen darbot, mußte selbst auch ein standhaftes Gemüt erschüttern.

Sie fanden die schöne Frau am Fensterkreuz – erhängt.

Schnell eilte, die Wehr an die Wand lehnend, der Führer herbei, um zu sehen, ob noch Leben in der Unglücklichen, Aber kein Pulsschlag, kein Hauch war in ihr mehr zu ergründen.

Mägde stürzten herein und fingen zu jammern an.

Der Führer aber fuhr sie an: »Legt sie lieber sanft aufs Bett und gebt ihr ein Tüchlein, einen Flor um den Hals, damit dem armen Manne das schrecklichste Bild erspart bleibe.«

»Und wo ist das Kind?« fragte er.

Man fand die Tür ins nächste Zimmer abgesperrt, der Schlüssel aber war nicht abgezogen.

Und in diesem anderen Zimmer erblickte man den Kleinen auf dem Boden, in Tränen gebadet, – schlafend.

Ein erleichternder Seufzer entfuhr dem Führer.

Mittlerweile war der Richter vorgefahren.

Als die Männer angesichts der Leiche Blicke wechselten, feuchteten sich ihre Augen.

Und nun kam Ferdinand hereingestürzt.

Er erstarrte. Die Augen traten aus den Höhlen. Keinen Atemzug tat er, blaß im Gesicht. Wenn er plötzlich, vom Herzschlag gefällt, zusammengebrochen wäre oder geistestoll aufgeschrien hätte, es wäre nicht zu verwundern.

Nun reißt er den Flor vom Hals der Stummen weg, und einen rotbläulichen Streifen gewahrend, brüllt er, mit einem Schlag der Rechten auf seine Stirne, wild auf: »Gerechter Gott!«

Richter und Führer nahmen ihn, seiner Hände sich bemächtigend, in die Mitte und sagten: »Fasse dich! Sei ein Mann! Das Leben hat seine Rätsel, seine Tragik.«

Jetzt erst scheint er die Männer wahrzunehmen und ihre Bedeutung zu erkennen.

»Und schweigt denn alles grauenvoll? Gibt mir niemand Aufklärung?« schrie er.

Der Richter wies die klagenden Weiber hinaus und sagte zum Schmerzverlornen: »Unheilvoll, erschütternd bleibt's immer, aber hoffentlich wird kein Schatten eines Verdachtes an dem Andenken deiner Frau haften.«

Und nun gab man ihm unter wenigen, aber gewichtigen erklärenden Worten die Anzeige zu lesen.

»Das ist die Hand Mayers!« rief er überrascht aus.

»Ja, des Schurken! Aber lies und urteile, ob wir anders vorgehen konnten.«

Der Arme fuhr sich wieder und wieder an die Stirn und schien in dem zitternden Papier keinen rechten Sinn zu finden.

Die Männer aber hatten Geduld und »Siehst du, so steht's,« – »Und das mit der Brosche war so,« – »Und das mag sie beunruhigt, in der Schreckensstunde des Gewitters verwirrt haben.« – »Als Unglück ist es zu fassen, als bejammernswerter Verlust, aber ihr Andenken wird rein erstrahlen.« So und ähnlich die beschwichtigenden Freundesworte.

Bald aber ließ sich an der Tür, die dem Weibervolk wehren sollte, Frau Grethis Stimme hören:

»Das wäre doch sonderbar, wenn die Beschließerin nicht zur Frau Verwalterin hinein dürfte!«

Und die gute Alte kniete beim Totenbett nieder, betete, erhob sich dann, der Verblichenen die geschlossenen Augen, die gefalteten Hände küssend, und wendete sich zu den Männern mit den Worten:

»Das kommt von dem scharfen Zugreifen der Herren Männer. Gleich mit Strick und Eisen muß eingeschritten werden, versteht sich. Die hätte was entwendet, veruntreut und sich zugeeignet? Meine Seligkeit setz' ich zum Pfand, und ich verhoff' mir eine, daß sie unschuldiger und reiner ist, als der erste Sonnenstrahl nach so einem Gewitter. Ein schreckhaftes Wesen hat sie gehabt, ich kenn' sie ja schon von Kind auf. Und akkurat hat man sie damals zum toten Weißgerber hineinlassen müssen! Auch ich bin in der Gruft gewesen und hab' weiß Gott wie viele Wachskerzlein drin aufgesteckt: warum zieht man nicht auch mich ein? Vielleicht ist auch an mir 'was hängen geblieben, und so unschuldig wär' ich schon nicht, wie die da, die Arme, die alles, was durch ihre Hand gegangen, schöner und besser wieder auf seinen Platz gestellt hat. Schreckhaft ist sie gewesen, ich bleib' dabei. Bei so einem Unwetter allein, und glitzernde Bajonette auch noch: das zusammen hat sie nicht ausgehalten. Ich wär' ohnehin gern herübergeeilt, wenn ich abkommen hätt' können ...«

Und die ehrliche Frau entfernte sich weinend.

Nun mahnte der Richter: »Gehen wir an unser ernstes Geschäft; je eher wir dasselbe abtun, desto bälder kommen wir auch in die Lage, der unglücklichen Frau Gerechtigkeit widerfahren zu lassen.«

Und nun kamen die Schlüssel im Wandkästchen, kam die unscheinbare Schachtel mit dem glänzenden, nach den neidlosen Eigentümerinnen geordneten Inhalte, bei dem auch die verhängnisvolle Brosche ihren Platz einnahm, kam die Kapelle und jeder wieder in Stand gesetzte Nutz- und Schmuckgegenstand darin, und kamen die Frauensärge in der Gruft, die mehr Blumen als Menschenstaub bargen, und deren' Fundstücke man sich nicht anders oder vollständiger denken konnte: Eines nach dem andern kam an die Reihe, um für die Verklärte und ihr seltsames und traumhaftes, aber harmloses, unbewußt im Dienste des Schönen stehendes Tun und Treiben Zeugnis abzulegen.

Die besorgten Mienen der Männer verschwanden, wachsende Rührung aber netzte ihre Augen.

Im Einräumerhäuschen sah's anders aus; hier fand sich in der Tat der eine und andere fehlende Sargfuß wieder.

Nach der Amtshandlung im Schlosse fertigte der Richter an die Frauen im fernen Gartenstöckl das Telegramm ab:

»Sohn und Enkel befinden sich wohl. Die Frau und Mu

    tter aber ward während des Unwetters jäh dahingerafft. Der Wagen kommt Sie abholen. Fassung nötig und erwünscht.

                    Der Bezirksrichter N. N.«

Als die Leiche aufgebahrt war, kam auch die alte Urschl heran und holte aus ihrem Bettelsacke unter blödem Lächeln eine Handvoll Kindertand: Katzensilber, weiße und blaue Steinchen, Beeren u. dgl. hervor, alles der Schläferin darreichend. Als diese nicht, wie sonst, ihre schönen Augen darauf richtete, schickte die Närrin sich an, die gleichgültige Freundin zu wecken. Das ließ man ihr nicht angehen, und sie entfernte sich höchlich verwundert.

Zur Totenwache ließ Ferdinand niemand zu.

Er war mit der Toten, auf deren Antlitz Schönheit und Friede wiedergekehrt war, allein. Erst war er keines Gefühls, keines Gedankens fähig; dumpf an Sinn und Herzen starrte er auf sie nieder.

Dann überkam ihn ein stilles Weinen und Schluchzen; er drohte in sich zusammenzubrechen und mußte sich auf einen Stuhl niederlassen.

Und hinter den Tränen dämmerten Anklagen und Vorwürfe auf.

»Wie konnt' ich dieses schöne junge Leben an mich und an das einsame Schloß ketten? Selbstsucht, sträfliche Selbstsucht war's!

In die große Stadt hätte sie gepaßt, wo die schönen Sachen gemacht werden und in den Auslagen einander überbieten. In marmornen Kirchen, in Galerien und Museen hätte, sich ihr Auge schulen und sättigen können, und sie hätte so wenig eine gierige Hand danach ausgestreckt wie nach den Sternen.

Dahin hätten wir ihr den Weg ebnen sollen ... als ob wir sie nicht auch so nur zu bald verlieren mußten!«

Und aufspringend, gegen sich selber eifernd, schlug er sich vor den Kopf: »Ich Tor, ich selbst hab' ihr das goldene Gitter gewiesen und sie nach den Geheimnissen der Gruft lüstern gemacht! Statt sie aus ihrem Traumreich sacht herauszuführen, stieß meine Sorglosigkeit, mein plumpes Selbstgenügen sie noch tiefer hinein ...

Warum ging nicht ich zur dummen Bauernhochzeit? Die paar Stunden, wie leicht hätt' ich sie wieder eingebracht! Und ich kannte doch auch ihre Gewitterfurcht ...«

Und wieder versank er in dumpfes Weh; es müßte ihm das Herz abdrücken, vermeinte er.

Als der Tag anbrach, trat er ans Fenster. Aber wie fahl erscheint ihm, was sich lichtet, wie zwecklos die Arbeit, wie verloren, verwirkt sein Leben!

Übernächtigkeit und Morgenfrost rütteln an dem starken Mann.

Und ja, welche geistige Zwiesprach' er mit der Toten gehalten, kein Mensch soll darum wissen ...

Dem Leichenbegängnis folgte von weit und breit viel Volk. Es setzte reichliche Tränenspenden ab – sollte damit der Verklärten

Abbitte geleistet werden? Äußerlich hielt sich Ferdinand aufrecht, ungebrochen. Selbst seiner Mutter und Schwester gegenüber vermied er, von der Verstorbenen zu sprechen; seine Sorge drehte sich um das Kind, das seine Züge trug.

Als der Graf eintraf, reichte er seinem Verwalter die Hand und sagte: »Wenn Sie so alt werden wie ich, werden Sie einsehen, daß alles Schöne gefährdet und von kurzer Dauer ist.«

Wie Ferdinand allen Geschäften nachging, so machte er auch die Jagden mit, selbstverständlich auch die im Gemsgebirge.

Und man erwartete bereits seine Rückkunft, als im Schloß die Nachricht eintraf, er, der Verwalter sei von der Kahlwand – abgestürzt und unten zerschmettert aufgefunden worden.

Die Frauen wechselten bei dieser erneuten Schreckenskunde nur Blicke tiefen, grauenvollen Verständnisses – jede ging in ein anderes Zimmer, sich auszuweinen.

Der Graf kehrte wider Vermuten zurück und machte den Frauen einen Kondolenzbesuch.

Er ließ sich den Kleinen vorstellen und sagte: »Das ist junges, frisches Leben – erhalten Sie sich ihm zuliebe! Und was er von heute an bis zu seiner Selbständigkeit, ob er nun ein Gelehrter, ein Offizier, ein Kaufmann werden mag, benötigen wird, ich sorge für ihn. Am liebsten wär' es mir freilich, wenn aus ihm meinem Hause ein so treuer Diener und Freund werden möchte, wie dies sein Vater gewesen.«

Über tredition

Eigenes Buch veröffentlichen

tredition wurde 2006 in Hamburg gegründet und hat seither mehrere tausend Buchtitel veröffentlicht. Autoren veröffentlichen in wenigen leichten Schritten gedruckte Bücher, e-Books und audio-Books. tredition hat das Ziel, die beste und fairste Veröffentlichungsmöglichkeit für Autoren zu bieten.

tredition wurde mit der Erkenntnis gegründet, dass nur etwa jedes 200. bei Verlagen eingereichte Manuskript veröffentlicht wird. Dabei hat jedes Buch seinen Markt, also seine Leser. tredition sorgt dafür, dass für jedes Buch die Leserschaft auch erreicht wird.

Im einzigartigen Literatur-Netzwerk von tredition bieten zahlreiche Literatur-Partner (das sind Lektoren, Übersetzer, Hörbuchsprecher und Illustratoren) ihre Dienstleistung an, um Manuskripte zu verbessern oder die Vielfalt zu erhöhen. Autoren vereinbaren direkt mit den Literatur-Partnern die Konditionen ihrer Zusammenarbeit und partizipieren gemeinsam am Erfolg des Buches.

Das gesamte Verlagsprogramm von tredition ist bei allen stationären Buchhandlungen und Online-Buchhändlern wie z. B. Amazon erhältlich. e-Books stehen bei den führenden Online-Portalen (z. B. iBookstore von Apple oder Kindle von Amazon) zum Verkauf.

Einfach leicht ein Buch veröffentlichen: **www.tredition.de**

Eigene Buchreihe oder eigenen Verlag gründen

Seit 2009 bietet tredition sein Verlagskonzept auch als sogenanntes "White-Label" an. Das bedeutet, dass andere Unternehmen, Institutionen und Personen risikofrei und unkompliziert selbst zum Herausgeber von Büchern und Buchreihen unter eigener Marke werden können. tredition übernimmt dabei das komplette Herstellungs- und Distributionsrisiko.

Zahlreiche Zeitschriften-, Zeitungs- und Buchverlage, Universitäten, Forschungseinrichtungen u.v.m. nutzen diese Dienstleistung von tredition, um unter eigener Marke ohne Risiko Bücher zu verlegen.

Alle Informationen im Internet: **www.tredition.de/fuer-verlage**

tredition wurde mit mehreren Innovationspreisen ausgezeichnet, u. a. mit dem Webfuture Award und dem Innovationspreis der Buch Digitale.

tredition ist Mitglied im Börsenverein des Deutschen Buchhandels.

Dieses Werk elektronisch lesen

Dieses Werk ist Teil der Gutenberg-DE Edition DVD. Diese enthält das komplette Archiv des Projekt Gutenberg-DE. Die DVD ist im Internet erhältlich auf **http://gutenbergshop.abc.de**

Zeitfracht Medien GmbH
Ferdinand-Jühlke-Straße 7
99095 Erfurt, Deutschland
produktsicherheit@kolibri360.de